Sp Lewis
Lewis, Jennifer
Perdiendo el corazón /

34028083818881
ALD $4.99   ocn862109614
11/08/13

Deseo™

Perdiendo el corazón

JENNIFER LEWIS

HARLEQUIN™

Editado por HARLEQUIN IBÉRICA, S.A.
Núñez de Balboa, 56
28001 Madrid

© 2013 Jennifer Lewis. Todos los derechos reservados.
PERDIENDO EL CORAZÓN, N.º 1926 - 17.7.13
Título original: A Trap So Tender
Publicada originalmente por Harlequin Enterprises, Ltd.

Todos los derechos están reservados incluidos los de reproducción,
total o parcial. Esta edición ha sido publicada con permiso de
Harlequin Enterprises II BV.
Todos los personajes de este libro son ficticios. Cualquier parecido
con alguna persona, viva o muerta, es pura coincidencia.
® Harlequin, Harlequin Deseo y logotipo Harlequin son marcas
registradas por Harlequin Books S.A.
® y ™ son marcas registradas por Harlequin Enterprises Limited y
sus filiales, utilizadas con licencia. Las marcas que lleven ® están
registradas en la Oficina Española de Patentes y Marcas y en otros
países.

I.S.B.N.: 978-84-687-3175-9
Depósito legal: M-13394-2013
Editor responsable: Luis Pugni
Fotomecánica: M.T. Color & Diseño, S.L. Las Rozas (Madrid)
Impresión en Black print CPI (Barcelona)
Fecha impresion para Argentina: 13.1.14
Distribuidor exclusivo para España: LOGISTA
Distribuidor para México: CODIPLYRSA
Distribuidores para Argentina: interior, BERTRAN, S.A.C. Vélez
Sársfield, 1950. Cap. Fed./ Buenos Aires y Gran Buenos Aires,
VACCARO SÁNCHEZ y Cía, S.A.

Capítulo Uno

Su enemigo era muy apuesto: ojos grises, fríos, pelo oscuro y aristocráticas facciones; el típico terrateniente escocés.

Fiona le estrechó la mano.

—Encantada. Soy Fiona Lam.

—James Drummond.

Fiona esbozó una sonrisa. Su apretón era firme y su piel fresca, pero empezó a sentir un extraño calor y tuvo que hacer un esfuerzo para no apartar la mano.

El cóctel, organizado por un banco internacional, estaba repleto de elegantes profesionales, pero de repente era como si todo hubiera desaparecido.

—Soy nueva en Singapur. Acabo de llegar de San Diego.

—¿Ah, sí? —James Drummond enarcó una ceja.

—Vendí mi negocio y estoy buscando nuevas oportunidades. ¿Trabajas aquí?

—A veces —respondió él, sin soltarle la mano. Era comprensible que tuviese fama de donjuán, pensó ella—. Tengo una casa en Escocia.

La gran finca de la que tanto había oído hablar. Aunque eso le daba igual; solo quería que le soltase la mano, porque el contacto empezaba a provocarle

3

un extraño cosquilleo que le subía por el brazo. Afortunadamente, él la soltó esbozando una sonrisa.

—Dicen que Escocia es un sitio precioso.

—Si te gustan la niebla y el brezo —respondió él, sin parpadear.

Era comprensible que intimidase a sus adversarios, pensó Fiona.

—¿A ti no te gusta?

—Yo heredé la finca, da igual la opinión que tenga. ¿Quieres una copa?

—Champán, por favor —Fiona suspiró, aliviada, cuando James se volvió para buscar un camarero.

Era un hombre muy intenso, pero no tenía por qué gustarle.

Sin embargo, ella sí necesitaba caerle bien.

James volvió con dos copas de champán y le ofreció una. Nadie le había advertido de que fuese tan guapo, y resultaba un poco desconcertante.

Fiona tomó un sorbo de champán, intentando no toser cuando las burbujas se le subieron a la nariz. No solía beber alcohol, pero quería encontrar un sitio en el mundo de James Drummond, de modo que debía portarse como si aquello fuese lo más normal para ella.

—¿Qué te trae por Singapur?

—Ya te lo he dicho, estoy buscando oportunidades de negocio.

De nuevo, él enarcó una ceja.

—¿A qué te dedicas?

—Acabo de vender una empresa que fabricaba

adhesivos en forma de sonrisa, Carita Feliz –respondió Fiona. El nombre solía hacer sonreír a la gente y a ella también. Lamentaba un poco haberla vendido, pero no lamentaba el dinero que había conseguido al hacerlo.

–Ah, he leído algo sobre ella. Enhorabuena, ha sido un buen negocio.

El brillo de interés en sus ojos se había intensificado y Fiona experimentó una sensación de poder, ¿o era de placer?

–Fue muy divertido levantar la empresa, pero ya estaba un poco cansada.

–¿Y qué será lo siguiente? –James Drummond se inclinó hacia delante, claramente intrigado.

Fiona se encogió de hombros, sorprendida al notar que sus pezones se marcaban bajo el vestido de cóctel y esperando que él no se diera cuenta.

–Aún no estoy segura, algo que despierte mi imaginación.

Con su traje de chaqueta gris y corbata oscura, James Drummond estaba despertando su imaginación más de lo deseable. Era tan comedido, tan discreto, que la idea de quitarle la inmaculada camisa blanca o pasar los dedos por su repeinado cabello oscuro empezaba a parecerle un reto.

¿Era sensato acostarse con un enemigo? Probablemente no, pero tontear un poco no le hacía daño a nadie. Además, necesitaba ganarse su confianza para recuperar la empresa de su padre.

Fiona logró tomar un trago del champán. Su padre la necesitaba y por fin podía demostrarle lo importante que era para ella. No era culpa suya que hubiera crecido a quince mil kilómetros de allí. Pensaba vengar las ofensas que se habían cometido contra Walter Chen. Empezando por las que había cometido James Drummond.

Salieron juntos del cóctel y el chófer de James los llevó al Rain, el restaurante más exclusivo de Singapur, donde incluso él había tenido que echar mano de sus contactos para conseguir una reserva.

—Este sitio es precioso. No sabía que en Singapur hubiese tanta vida nocturna —Fiona admiró la elegante decoración del local—. Está claro que debería salir más.

James se sentó frente a ella, encantado por la sorpresa de cenar con una mujer tan guapa. Su empresa había inundado el mercado de divertidos adhesivos; y que, con su venta, hubiese ganado más dinero del que la mayoría de la gente ganaría en una vida entera, resultaba impresionante.

Y era preciosa además de inteligente, con esos ojos rasgados enmarcados por unas cejas bien perfiladas y unos labios carnosos que parecían suplicar ser besados. Era exactamente la clase de mujer con la que podría imaginarse casado.

Y necesitaba casarse.

—¿Qué me recomiendas? —preguntó Fiona mientras miraba la carta.

—Erizo de mar.

Ella abrió los ojos como platos.

—No sabía que el erizo de mar se pudiera comer.

El camarero apareció con una botella de vino y

James asintió con la cabeza mientras servía dos copas.

–La última vez tomé una becada y estaba riquísima –dijo, cuando los dejó solos–. ¿Qué te apetece, algo de tierra, mar o aire?

Fiona rio.

–¿Qué tal un pato?

–Lo hacen muy tierno –James sonrió mientras levantaba su copa–. Seguro que son capaces de hacer que hasta la hierba sepa bien.

–Un poco de sal y pimienta, algo de ajo –dijo ella, con un brillo de humor en los ojos–. El vino es muy bueno, por cierto.

–A cuatrocientos dólares la botella tiene que ser bueno.

Fiona asintió con la cabeza.

–¿Pasas más tiempo en Singapur que en Escocia?

–Sí, bastante más. Escocia no es precisamente el mejor sitio del mundo para hacer negocios.

Curiosamente, ella ni siquiera le había preguntado a qué se dedicaba y eso lo alegró. Siendo nueva en Singapur, evidentemente no conocía su reputación y estaba cansado de explicar que no era un buitre o que los buitres hacían un papel importante en el ciclo de la vida.

–Últimamente se puede trabajar desde cualquier parte. Yo lo hago casi todo por Internet.

–Yo también, pero es mejor ver a la gente cara a cara.

Y la cara de Fiona era preciosa. Su piel pálida e inmaculada en contraste con el espeso pelo oscuro que caía por encima de sus hombros. Le gustaría pasar los dedos por ese pelo…

Y si todo iba como había planeado, lo haría.

—Es curioso que tengas un nombre escocés cuando está claro que no eres escocesa.

Ella enarcó una ceja, desafiante.

—¿Y tú qué tienes de escocés?

James se encogió de hombros.

—Me gusta el whisky de malta.

Fiona arrugó la nariz.

—Yo lo probé una vez, pero no creo que vaya a repetir la experiencia.

—Buena decisión. Yo lo trato con respeto, ya que ha matado a varios de mis antepasados.

—¿Eran bebedores?

—Bebedores, pendencieros, conducían a demasiada velocidad… parecían estar buscando empotrarse con el filo de una espada.

Fiona soltó una carcajada.

—Y tú no tienes intención de hacerlo, claro.

—Yo prefiero sujetar la espada por la empuñadura.

—¿Te da miedo terminar como tus antepasados?

—No, la verdad es que no. Aunque mis primos americanos parecen haber decidido que su misión en la vida es salvar a la familia Drummond de una antigua maldición reuniendo las tres partes de una antigua copa perdida hace tiempo.

—¿Una maldición? —exclamó Fiona—. ¿Y tú lo crees?

—No, yo no creo en esas tonterías. El trabajo y el

sentido común son la cura para la mayoría de las maldiciones.

–Pero has dicho que tus antepasados eran pendencieros, de modo que tal vez haya algo de verdad en esa leyenda. ¿Dónde están las otras piezas de la copa?

–Según el último email que me envió mi tía, ya ha encontrado dos de ellas. Una estaba en Nueva York y la otra fue encontrada en el mar, frente a una isla de Florida donde un barco pirata se hundió hace trescientos años.

–Qué interesante. ¿Y la última pieza?

–Katherine cree que fue devuelta a Escocia por uno de mis antepasados.

Fiona se inclinó hacia delante, llevando con ella su delicioso perfume.

–¿Y tú vas a buscarla?

James casi se había olvidado de Katherine Drummond y sus ruegos de ayuda. Había estado tan ocupado durante las últimas semanas que no había respondido a sus mensajes.

–No lo sé. ¿Crees que debería hacerlo?

–Pues claro que sí –respondió Fiona, con los ojos brillantes–. Es una historia muy romántica.

Él estaba empezando a tener pensamientos románticos sobre aquel vestido negro de cóctel que envolvía su delgada aunque atlética figura.

–Katherine cree que la tercera pieza de la copa está escondida en la finca de Escocia. Incluso ha ofrecido una recompensa a la persona que la encuentre –James hizo una mueca–. He tenido que contratar personal de seguridad para evitar que los buscadores de tesoros entrasen en mi propiedad.

Fiona soltó una carcajada.

—¿Y nunca la has buscado tú mismo?

—No, no. Conozco maneras más fáciles de ganar dinero.

—Pero parece una aventura —insistió Fiona—. Creo que deberías buscarla. Quién sabe lo que podría pasar si encontrases la pieza que falta.

—Mi vida me gusta tal y como es. No quiero más aventuras.

—Seguro que hay al menos un aspecto que podría mejorar.

Necesitaba una esposa. Pero no iba a decírselo a ella, naturalmente. La cultura conservadora de Singapur no aceptaba que un hombre de treinta y seis años estuviera soltero. Incluso había sido rechazado por un potencial socio para un proyecto importante porque no aprobaba su estilo de vida.

¿Su estilo de vida? Que a él le gustase meterse en sus cosas y controlar su propio destino no lo convertía en un mujeriego. Por otro lado, incluso la monogamia en serie empezaba a parecer aburrida después de veinte años.

No faltaban mujeres dispuestas a casarse con él. De hecho, no tenía ningún problema en encontrar pareja en cuanto sabían de los millones que había ganado con sus inversiones. Pero lo que necesitaba era una mujer con una mente ejecutiva, alguien que entendiese que un matrimonio era un acuerdo contractual entre dos personas.

Alguien, tal vez, como Fiona Lam.

Ella se pasó la lengua por los labios en ese momento y James tuvo que hacer un esfuerzo para respirar mientras se quitaba la chaqueta. Fiona era una mujer muy atractiva, pero su inteligencia lo excitaba más que sus generosos labios o que sus bien torneadas piernas.

—O tal vez me equivoco —estaba diciendo ella—. ¿Hay algo que quieras y aún no tengas?

—Siempre hay algo —respondió James—. Eso es lo que hace que me levante de la cama por las mañanas.

—¿La emoción de la caza?

Él asintió con la cabeza.

—Hace que mi corazón capitalista lata con fuerza.

—Tal vez no seas tan diferente de tus antepasados escoceses. Te excita la caza tanto como a ellos.

—Podría ser. Ellos querían conseguir un venado o la finca de algún vecino, yo quiero una empresa internacional con potencial de crecimiento.

Fiona sonrió.

—Eres divertido.

—Divertido no sé, pero sí soy previsible.

Ella inclinó a un lado la cabeza, enviando una cascada de pelo oscuro sobre su hombro.

—¿Por qué no te has casado?

James frunció el ceño.

—¿Y tú cómo sabes que no estoy casado?

¿Sabía más sobre él de lo que daba a entender?

—No llevas alianza —respondió Fiona—. Y tampoco tienes una marca de haberla llevado.

Él asintió con la cabeza. Siendo relativamente conocido tendía a estar en guardia, pero cualquiera que leyese un periódico económico sabría cosas sobre su vida porque no era información secreta.

–Nunca he conocido a una mujer con la que quisiera casarme.

–¿Demasiado exigente?

–Algo sí –James se encogió de hombros–. Un matrimonio no es como una inversión en la que merece la pena arriesgarse porque siempre puedes echarte atrás.

–Siempre podrías echarte atrás –dijo ella, sin dejar de sonreír.

–Pero tendría que pagar un precio demasiado alto y eso no es atractivo para un inversor cauto como yo.

–¿Demasiado cauto como para casarte?

–No lo sé. Tal vez sea una maldición familiar.

Ella rio, una risa alegre, agradable, como las campanas de la iglesia de la finca cuando era niño…

¿De dónde había salido eso?

–Creo que deberías buscar la tercera pieza de la copa. Piensa en ello como una aventura –Fiona se inclinó un poco hacia delante, apoyando los codos en la mesa–. Sería una historia muy interesante que contar.

A James se le ocurrió una idea absurda en ese momento.

–Ven conmigo a buscarlo.

–¿Qué?

–Ven conmigo. Tengo que resolver unos asuntos en la finca y antes has dicho que te gustaría conocer Escocia. Tómate un respiro y ven conmigo a respirar el aire fresco de las tierras altas.

Fiona se quedó en silencio, pero lo miraba con los ojos brillantes, como si le gustase la idea.

–Pero si ni siquiera te conozco.

–Soy conocido en la ciudad. Puedes preguntar por mí a mucha gente.

–¿Y qué me dirían?

–Que juego con mis propias reglas, pero siempre cumplo mi palabra –James vaciló, sabiendo lo que Fiona quería escuchar–. Y que me gusta hincar el diente en un negocio nuevo.

Por supuesto, omitió su fama de Casanova. Fiona parecía estar tomando en consideración su propuesta y le gustaría mucho que aceptase. Ni siquiera la idea de volver al oscuro castillo de sus antepasados o a la interminable lista de cosas que hacer que le ofrecería el gerente lo desanimaban al pensar que ella estaría a su lado.

–Muy bien –dijo Fiona entonces, sin vacilación.

–¿Vendrás conmigo?

James no podía creerlo.

–Iré contigo –Fiona se echó hacia atrás en la silla, con expresión seria–. Siempre he querido ir a Escocia y me encanta la idea de buscar una vieja reliquia. Además, no tengo nada mejor que hacer ahora mismo. ¿Por qué no?

Hablaron sobre fechas y horarios y, unos minutos después, James enviaba un mensaje de texto a su piloto. Por primera vez en mucho tiempo, estaba emocionado por algo que no tenía nada que ver con los negocios.

–Hecho. Nos vamos mañana.

–Estupendo –Fiona ya no estaba tan segura. Aquello iba mucho más rápido de lo que ella había esperado. ¿Quién hubiera imaginado que iría a Escocia con James Drummond?

¿Y qué pensaría su padre? El propósito de su estancia en Singapur era conocerlo mejor y en esos diez días apenas habían podido relajarse lo suficiente como para mantener una conversación seria. Y, de repente, se iba al otro lado del mundo con su enemigo.

Tendría que explicarle su plan. Él lo entendería y sabría que lo hacía por su bien. Se alegraría cuando encontrase la manera de recuperar su empresa de las garras de James Drummond. Alguien tenía que parar a aquel hombre y ella estaba dispuesta a intentarlo.

–¿Tú te alojarás allí conmigo?

James le había pedido que fuese a Escocia y, aunque buscar esa pieza de la copa en el castillo podría ser divertido, no podría conseguir su objetivo a menos que él estuviese a su lado.

–Sí, claro. No te invitaría para después dejarte sola –James frunció el ceño de nuevo–. Además, tengo que estar allí unos días; los vecinos empiezan a inquietarse si el señor del castillo está fuera mucho tiempo.

–¿De verdad?

Él asintió con la cabeza.

–No entiendo por qué les importa tanto lo que yo haga, pero parecen pensar que debería estar allí juzgando la exposición de flores anual o siendo el anfitrión de algún banquete en las fiestas del pueblo.

–Ah, qué medieval –dijo Fiona. Evidentemente, James lo odiaba. Por eso se había ido a Singapur, para huir de sus responsabilidades–. ¿Y puedes ejecutar a la gente que te cae mal?

–Nunca lo he intentado –bromeó él, esbozando una seductora sonrisa–. Además, nadie me cae tan mal.

«Puede que yo te caiga muy mal», pensó Fiona.

–¿Y te presionan para que encuentres a la «señora del castillo»?

James soltó una carcajada.

–Saben que si lo hicieran yo saldría huyendo.

Pues ella no iba a entusiasmarles, pensó Fiona. Una chica americana con raíces en Singapur... sin duda preferirían a una delicada rosa escocesa de pelo rojo para quien colocar flores en el altar de la iglesia del pueblo sería la mejor manera de pasar un fin de semana.

Aunque James no la llevaba a Escocia para conquistarla. De hecho, no sabía por qué la había invitado. Sin embargo, cada vez que lo miraba sentía un escalofrío de... ¿de qué? De emoción, de terror, de deseo.

¿De verdad quería que lo ayudase a encontrar la pieza de una antigua copa? Lo más lógico sería que pidiese ayuda a alguien del país, no a una extranjera.

¿Quería acostarse con ella?

Sí. El brillo de sus ojos lo dejaba bien claro.

Sabía que era un mujeriego, pero se llevaría una desilusión si intentaba sumarla a su larga lista de conquistas.

Fiona probó el erizo de mar y se sorprendió de lo tierno y delicioso que era.

—Está muy rico.

—Ya te lo dije. Ahora sabes que puedes confiar en mí.

Ella rio, en parte porque lo había dicho con aparente inocencia, como si lo creyese de verdad. Si no conociera su reputación de tiburón de las finanzas lo habría tomado por un buen tipo. Desde luego, parecía generoso y entusiasta. Afortunadamente para ella, su reputación lo precedía.

—No confío en la gente tan fácilmente. Aunque, por lo visto, tengo cierto gusto por la aventura. Me apetece mucho ir a Escocia.

—Y ganarás la recompensa si encuentras la pieza que falta.

—Si es así, donaré el dinero a alguna organización benéfica. No tengo problemas económicos después de vender mi empresa.

—¿Y qué piensas hacer ahora?

—No sé, lo que me apetezca. No tengo prisa —respondió Fiona. Tal vez podría convencerlo para que le vendiese la empresa de su padre por poco dinero—. ¿Cuál es tu último proyecto?

–Estoy interesado en el mercado inmobiliario. Tarde o temprano esta secesión terminará y la gente querrá casas más grandes y mejores que nunca.

–Y tú piensas adelantarte, claro.

James tomó un sorbo de vino. Ah, qué boca tan desaprovechada, pensó Fiona.

–Intento estar preparado para todo.

La empresa de su padre, situada en el antiguo distrito financiero de Singapur, estaba a punto de convertirse en el paraíso de los ejecutivos. El edificio, construido en 1950, había dado empleo a dieciocho personas, pero James había llegado a un acuerdo con el gobierno local, comprándola por muy poco dinero en impuestos impagados. Los trabajadores habían sido despedidos y su padre se enfrentaba a la ruina, de modo que apenas tenía tiempo.

Cuando era más joven, su padre poseía una cadena de restaurantes, pero la perdió. Tenía tan poco contacto con él desde que se mudó con su madre a California que la sorprendió encontrarlo en esa situación cuando la leyenda familiar decía que era un magnate.

Había querido demostrarle que se parecía a él, pero su éxito quedó en segundo lugar al saber de su situación.

–Yo también intento estar preparada para todo, pero no sabía que iría a Escocia con un extraño.

James levantó su copa.

–Por lo inesperado.

Fiona sonrió, levantando la suya.

«Si tú supieras».

Capítulo Dos

—Estas vallas marcan el final de la finca —dijo James, mirando por la ventanilla del Land Rover que había ido a buscarlos al aeropuerto de Aberdeen.

Fiona asintió, nerviosa. Lo cual era ridículo. Había ido allí con una misión y, sin embargo, se sentía tan emocionada como si esperase encontrar la pieza que faltaba… o incluso tener una tórrida aventura con James Drummond.

—¿Cuánto mide la finca?

—Es muy grande. Pero no te preocupes, llegaremos en unos minutos.

Poco después llegaron frente a una verja sujeta por columnas de piedra. La finca estaba rodeada por un muro interminable y Fiona se sentía diminuta en un paisaje tan abrumador.

—A mis antepasados les gustaba proteger su intimidad.

—¿Y a ti no?

—No tanto. Una pared entre mis vecinos y yo es más que suficiente. No necesito varios kilómetros de muro.

—Entonces, es una suerte que esté aquí para molestarte.

—Desde luego —asintió él, sin dejar de sonreír.

Fiona sintió un escalofrío al saber que se alegraba de su compañía. Debería sentirse culpable por haber ido solo para recuperar la empresa de su padre, pero no era así. Los informes que había leído sobre las prácticas profesionales de James le habían puesto los pelos de punta. Le daba igual a quién aplastase a su paso y estaba claro que no la había llevado allí solo para buscar la pieza de una antigua copa.

Había vivido lo suficiente como para saber que había algún motivo oculto en esa invitación, aunque solo fuese tener una aventura con ella en las Tierras Altas.

Después de atravesar un grupo de altos setos se encontraron frente al castillo y Fiona se quedó boquiabierta al ver una amenazadora fortaleza que parecía sacada de los libros de historia.

No era una sola edificación sino un grupo de edificios de piedra gris cubierta de musgo que se extendía en varias direcciones.

—Es gigantesco.

—En sus tiempos era más o menos un pueblo. Todo el mundo vivía en el interior… algunos siguen haciéndolo, como el gerente y su equipo.

—Una persona debe sentirse muy solitaria aquí.

—No te lo puedes imaginar. En comparación, Singapur parece un sitio acogedor.

Fiona lo miró un momento, sintiendo un repentino afecto por aquel hombre que se encontraba mejor en la ruidosa y abarrotada ciudad asiática que en la fortaleza de sus antepasados. Cada vez le parecía más humano…

Y eso no era bueno.

—Pues hará falta mucha gente para mantener este sitio.

—No, la verdad es que no. Los vecinos del pueblo creen que debería hacer algo más con el castillo, pero mientras alguien se encargue de que no se caigan los tejados, la propiedad cuida de sí misma. Una fortaleza de piedra no necesita tantos cuidados como una casa moderna.

Alguien debía subirse a una escalera todas las semanas para cortar los setos de la entrada, pensó Fiona. Tal vez James no sabía lo que hacía falta para mantener aquel sitio y seguramente le daría igual. Para él, todo aquello era calderilla.

El Land Rover se detuvo en un patio de gravilla del tamaño de un campo de fútbol, sin una mala hierba a la vista. Dos hombres con traje oscuro aparecieron por detrás de un seto, pero parecieron relajarse al ver el coche.

—Son los de seguridad. No sé cómo se le ocurrió a mi tía ofrecer una recompensa por recuperar esa antigualla.

—Debió pensar que habría gente interesada y, evidentemente, tenía razón.

El conductor del Land Rover le abrió la puerta amablemente, haciendo que se sintiera como si fuera una importante dignataria. No sería fácil volver a su vida normal después de aquello, pensó.

Un hombre de cierta edad salió de la casa y entre él y el conductor llevaron las maletas al interior después de saludar a James.

—¿Es el mayordomo?

—Lo llamamos el gerente de la finca. Eso suena más moderno, ¿no te parece?

—Sí, claro.

No había nada moderno en aquel sitio y eso hizo que sintiera curiosidad por la vida de James Drummond. Sin maletas que acarrear, atravesó el enorme patio de entrada sintiéndose un poco perdida y con los tacones hundiéndose en la gravilla. James le ofreció la mano para subir los escalones de piedra que llevaban a la puerta y Fiona no tuvo mas remedio que aceptarla, intentando no prestar atención al cosquilleo que sintió en el brazo.

Después de todo un día de viaje con él debería haberse acostumbrado a aquel hombre, pero, desgraciadamente, eso parecía haber despertado una atracción más potente. Por suerte, ella siempre hacía las cosas con la cabeza y no con partes menos predecibles de su anatomía.

La puerta del castillo parecía la de una catedral. Fiona casi esperaba oler a incienso y escuchar un murmullo de rezos, pero fue recibida por un delicioso aroma a beicon y el distante ladrido de unos perros.

—Son los sabuesos de los cazadores de la zona, que se guardan en la finca. Cuando estoy aquí suelo ir a cazar con ellos, pero en esta ocasión no lo haré.

—¿Por qué no?

—Sería una grosería por mi parte dejarte sola mientras yo voy a cazar.

—Tal vez yo podría ir contigo —sugirió Fiona.

James frunció el ceño.

–Pero cazamos a caballo.

Ella rio, un sonido alegre que parecía rebotar en los muros de piedra.

–No creo que eso fuera un problema.

–¿Montas a caballo?

–Claro –respondió ella, mirando alrededor–. ¿Dónde voy a dormir?

–Arriba. Ven conmigo.

Su habitación podría ser la de una reina… tal vez una a punto de ser ejecutada en la torre. Había una cama con dosel en el centro de la habitación, con cortinas de antiguo brocado, y la alfombra oriental a sus pies era vieja y gastada, posiblemente por cientos de años de uso. Sobre la repisa de la chimenea había un jarrón chino que parecía de la dinastía Ming.

–No has redecorado esto nunca, ¿verdad?

James sonrió.

–No se ha redecorado desde 1760. Se podría decir que los Drummond somos un poco anticuados.

–Al menos no gastas dinero en modas pasajeras.

–No suelo hacerlo –dijo él–. Estas ventanas dobles fueron un poco controvertidas cuando las instalé, pero a mí me gustan.

–Y sirven para lanzar aceite hirviendo a los invasores.

–Por supuesto. El diseñador pensó en todo.

–¿Hay un cuarto de baño o tendré que lavarme en una palangana?

James abrió una puerta y **Fiona** se sorprendió al

ver un cuarto de baño con paredes y suelo de mármol. Además de la antigua bañera con patas, había un lavabo y un inodoro completamente nuevos.

–Me temo que no hay ducha, pero sí hay agua corriente. No tendrás que pedirle a Angus que te la traiga.

–Es un alivio. No sé si quiero que Angus me vea envuelta en una toalla… pero estoy empezando a preocuparme por encontrar esa pieza que falta.

–¿Por qué?

–Este sitio es enorme.

–Sí, pero las habitaciones no están llenas de cosas. Los Drummond siempre han tenido un estilo minimalista.

–Qué modernos.

–¿Estás cansada?

–No, estaba pensando en ese olor a beicon y lo afortunada que será la persona que se lo coma.

James esbozó una sonrisa.

–Vamos.

Sirvieron el desayuno en un enorme comedor, sobre una mesa de madera. Los platos, de porcelana blanca y azul, parecían de China. Después de desayunar, James se ofreció a enseñarle el castillo.

–Puede que seas la única persona fuera de la familia en ver el ala este –murmuró, mientras abría una enorme puerta de madera claveteada.

–¿Seguro que no tendrás que matarme después? –bromeó Fiona.

–Solo el tiempo lo dirá –le devolvió James la broma, sus ojos grises brillantes.

El tiempo lo diría todo, pero ella pondría distancia entre los dos en cuanto le fuera posible.

Cuando le rozó el brazo al pasar a su lado sintió un escalofrío. ¿Cómo sería su cuerpo bajo esa elegante armadura? ¿Sería musculoso y atlético o solo era su calenturienta imaginación?

El corazón empezó a latirle con fuerza mientras recorrían el pasillo, los tacones repiqueteaban en el suelo de piedra.

—¿Adónde me llevas?

—A la zona más antigua del castillo, donde los Drummond guardaron los trastos después de limpiar las habitaciones que más se usaban. Es el primer sitio en el que sugiero que busquemos.

—¿Qué forma tiene?

Había investigado un poco en Internet y sabía que faltaba la base, pero no iba a decírselo a James.

—Redonda, supongo. Es la base, así que podría ser un hexágono o algo similar.

—Espero que nadie lo haya tirado a la basura sin darse cuenta.

—O lo haya derretido para hacer balas. Es lo que solían hacer mis antepasados con las cosas de metal.

—Debían ser encantadores tus antepasados.

—«Mantén tu espada afilada» es el eslogan de mi familia. Está en el escudo, bajo las garras de un cuervo.

Eso podría explicar que buscase el éxito de manera tan implacable, pensó Fiona.

—Tú pareces diferente.

—¿Ah, sí? A veces me pregunto si es cierto.

—¿Tú crees que eres implacable?

24

–Creo que soy la última persona a la que deberías preguntar eso.

Fiona decidió no seguir preguntando. Aún no. Estaba allí como invitada y no quería que sospechase de sus motivos.

–¿Qué hay detrás de estas puertas?

–Habitaciones. Mis antepasados ofrecían alojamiento a los vasallos y, a cambio, estaban obligados a defender el castillo cuando eran atacados por otro clan o necesitaban un favor.

–¿Qué tipo de favor?

–No lo sé, tal vez algún trabajo sucio.

Fiona miró hacia atrás, sin saber por qué. ¿La había llevado allí por alguna razón que ella desconocía? Había pensado que estaba siendo muy lista por conseguir que la llevase a la finca, pero tal vez James tenía sus propios planes.

Y el repiqueteo de sus tacones empezaba a ponerla nerviosa.

De repente, James giró a la izquierda y abrió una vieja puerta de madera.

–Bienvenida a la zona más antigua del castillo.

Frente a ellos había otro pasillo con el suelo de piedra y un techo con vigas de madera que seguramente llevaban cientos de años sujetándolo.

James se dirigió a una estrecha escalera de madera y Fiona lo siguió, mirando alrededor. Casi podía sentir la presencia de hombres y mujeres de otros siglos…

–Es increíble. ¿Por qué no usas esta parte del castillo?

–La parte nueva del castillo es más cómoda. Y tiene calefacción.

Había una enorme chimenea de piedra y Fiona la imaginó encendida, tal vez asando un cordero.

–Qué extraño pensar que tus antepasados vivieron aquí desde el día que se construyó.

–No siempre vivieron aquí. Gaylord Drummond perdió la finca en una partida de dados en el siglo XVIII, así fue como los Drummond acabaron en América. Se gastó toda su fortuna en el juego y el alcohol, todo salvo la misteriosa copa, así que sus tres hijos tuvieron que irse al Nuevo Mundo para hacer fortuna. Aparentemente, dividieron la copa en tres partes y cada uno se llevó una pieza, jurando reunirlas algún día.

–Y uno de ellos terminó aquí.

–Hizo una fortuna vendiendo pieles de mapache en Canadá. Luego volvió aquí para comprarle el castillo al hijo del hombre que se lo había ganado a su padre.

–Y, supuestamente, trajo su parte de la copa con él.

James se encogió de hombros.

–La verdad es que a mí me da igual.

–Pero es parte de la historia de tu familia.

–Yo mantengo estas viejas piedras y esa es mi contribución a la historia familiar, pero tal vez debería empezar a jugar a los dados. Perder el castillo me ahorraría una fortuna.

–No lo dices en serio.

–No, la verdad es que no –James la miró y Fiona

contuvo el aliento al ver un brillo de emoción en sus ojos–. Aunque a veces me gustaría.

Era imposible no experimentar una poderosa sensación entre aquellos viejos muros de piedra. Si ella podía sentirla, algo de ancestral orgullo de los Drummond debía latir en el duro corazón de James.

–A mí me parece un sitio mágico.

James seguía mirándola fijamente, como si sospechase que estaba intentando ganarse su afecto para convertirse en la dueña de aquel sitio.

–Lo es, sin duda.

Lamentando haber mostrado tanto entusiasmo, Fiona se encogió de hombros.

–Claro que mantener una casa moderna es mucho más fácil.

–Desde luego –James no dejaba de mirarla a los ojos, haciendo que le temblasen las rodillas.

Era exasperante que una simple mirada le acelerase el pulso de tal modo. James Drummond era su enemigo y, además, seguramente llevaba allí a todas sus conquistas para asombrarlas con la grandeza de su familia.

–¿Dónde estará la pieza que falta de la copa?

–No tengo ni idea.

–Pero tú sabes dónde buscar.

–No, la verdad es que no tengo ni idea.

–Los sitios en los que tus antepasados encerraban a sus enemigos, por ejemplo. Tiene que haber mazmorras en alguna parte.

–Las mazmorras son más bien una invención

francesa. Los escoceses preferían cortarles el cuello a sus enemigos y luego hacer una fiesta.

Fiona tuvo que reír.

–Ah, qué amables.

–Los periodistas me han acusado a mí de un comportamiento similar en los negocios –dijo James, con un brillo de humor en sus ojos.

Fiona se enfadó consigo misma cuando esa mirada le aceleró el corazón. ¡Pero si acababa de admitir que era un hombre despiadado! ¿Cómo podía sentirse atraída por él? Debería preocuparle su cordura más que cualquier otra cosa.

–¿Crees que tienen razón?

–No lo sé. Tal vez –James se volvió entonces, dejándola inmóvil en el centro de la sala.

«Le robaste el negocio a mi padre y lo dejaste en la ruina».

Fiona tuvo que hacer un esfuerzo para mantener la calma.

–Imagino que solo son negocios, ¿no?

James se volvió y ella se quedó sorprendida al verlo sonreír.

–Es un alivio hablar con alguien que me entiende.

Fiona parpadeó. Ella misma había abierto la trampa.

–Yo no he tenido que cortarle el cuello a nadie.

–Aún eres muy joven.

–No soy tan joven –dijo ella–. Y tengo mucha experiencia.

–Sí, claro –murmuró James, incrédulo.

—Por supuesto que sí. Abrí mi primer negocio cuando tenía doce años.

—¿Un puesto de limonada?

—Comprando viejos ordenadores y vendiéndolos como chatarra —respondió Fiona, levantando la barbilla en un gesto de orgullo—. Mucho más beneficioso que vender limonada.

Aunque también había tenido un puesto de limonada.

James dio un paso adelante.

—Yo abrí mi primer negocio a los once años.

—Muy competitivo, ¿no?

—Mucho. Algunos dicen que eso será mi perdición algún día.

«Tal vez antes de lo que piensas».

—¿En qué consistía tu primer negocio?

—Compraba barras de chocolate al por mayor y las vendía en el internado en el que estudiaba.

—Ah, un público cautivo.

—La mejor clase de público —asintió James.

La sala era fría, pero Fiona se sentía acalorada mientras James clavaba en ella sus ojos grises.

—¿Es difícil encontrar un público cautivo?

—Todo el mundo es cautivo de una forma o de otra.

—¿Tú también?

¿Se había acercado más sin que ella se diera cuenta? Estaba tan cerca que casi podía tocarlo. Su aroma, una mezcla de cara colonia masculina y suave almizcle, le acariciaba los sentidos de tal modo que sus pezones rozaban la tela del sujetador.

—Por supuesto —respondió él.

Y entonces hizo algo que la dejó paralizada: le levantó la barbilla con un dedo para buscar sus labios.

Cuando la lengua de James rozó la suya fue como si hubiera recibido una descarga eléctrica.

«Estoy besando a James Drummond».

Sintiendo el peso de su mano en la espalda, contuvo el aliento mientras ponía una de las suyas sobre su torso.

«Este hombre es un monstruo. Él mismo acaba de confesarlo».

James dejó escapar un gemido que aumentó su deseo y, sin darse cuenta, clavó los dedos en la dura espalda masculina. En lugar de apartarse, como debería, se agarró a él y le devolvió el beso con todas sus fuerzas.

Su aroma era embriagador, sorprendentemente masculino, traicionando al hombre que había bajo tan sofisticada y fría fachada.

¿Había magia en aquel sitio? Debía ser magia negra porque no era capaz de controlar la situación, ni a ella misma, en aquel momento.

Él levantó una mano para rozarle uno de los pezones con los dedos, sin dejar de besarla. El beso era alternativamente fiero y tierno, dejándola sin aire. Nunca la habían besado así.

Aquello debía ser lo que los antepasados de James hacían con sus enemigos… al menos, con las mujeres a las que capturaban.

¿Por qué le gustaba tanto?

Cuando se apretó contra él y notó la evidencia del deseo masculino, el corazón se le aceleró aún más. Saber que despertaba tal pasión en James Drummond, un hombre tan frío y reservado, aumentaba su deseo.

Había algo más en aquel hombre de lo que se veía a primera vista y de lo que escribían en las columnas del *Investor's Business Daily*. Y era tan seductor que casi se imaginaba a sí misma desnudándolo y haciendo el amor allí mismo, sobre el suelo de piedra del ancestral castillo.

Pero fue él quien se apartó.

Al sentir una corriente de aire frío, Fiona abrió los ojos… y tuvo que parpadear para concentrar la mirada.

—No quería que esto pasara —dijo James entonces—. Aún no.

Capítulo Tres

Fiona pasó la mano por su vestido camisero negro. No se había cambiado desde que bajó del avión, de modo que seguramente estaría arrugado... incluso antes de que James hubiera pasado las manos por él. No entendía por qué había dejado que la besara solo una hora después de llegar allí.

Ella sabía que quería llevarla a su cama, pero había pensado que al menos habría un lógico preámbulo de flirteos.

Aparentemente, James estaba impacientándose, y ella había caído en sus brazos como tantas chicas que, sin duda, lo perseguían por todos los continentes.

–Tampoco yo tenía intención de que eso pasara –Fiona intentaba mostrarse calmada–. De hecho, sigo sin saber qué ha pasado.

–Creo que nos hemos besado –dijo él, con un brillo de humor en los ojos–. Y es demasiado temprano, aparte de otras objeciones.

–Has empezado tú –le recordó ella.

La infantil réplica quedó colgada en el aire un momento y Fiona deseó retirarla. Aunque era cierta.

–Y tú no te has apartado.

–Tal vez estaba intentando portarme como una amable invitada.

–Pues tienes unos modales impecables.

Fiona suspiró, irritada.

–No sé si puedo decir lo mismo sobre los tuyos.

James enarcó una ceja.

–Estoy de acuerdo contigo. Ha sido imperdonable, pero no sé si una disculpa sería aún más grosera.

–Tal vez deberíamos actuar como si no hubiera pasado nada.

–No creo que fuese fácil –James bajó la mirada, no hacia sus pechos, sino hacia sus clavículas.

–A mí no se me dan bien los fingimientos.

–A mí tampoco. Bueno, ha ocurrido y… maldita sea, lo he disfrutado.

Fiona tuvo que disimular una sonrisa.

–Sin comentarios –le dijo. Su disfrute era tan evidente que no había necesidad de animarlo con halagos–. Bueno, la copa. ¿Por dónde íbamos?

James miró alrededor, como preguntándose dónde estaban.

–Te confieso que no estoy seguro. Desde luego, no estamos donde yo pensaba que estaríamos.

Fiona rio sin poder evitarlo.

–Bueno, entonces sigamos adelante… y esta vez, vamos a concentrarnos de verdad.

–Me gustan las mujeres con la cabeza sobre los hombros.

–¿Qué hay detrás de esa puerta?

–Vamos a ver. Ábrela.

Fiona puso la mano en el antiguo pomo, preguntándose con qué iban a encontrarse.

–¿Y si fuera el proverbial armario lleno de esqueletos familiares?

–Si uno de ellos tiene una copa en la mano, estamos en el buen camino.

–Si los Drummond de Nueva York encontraron el cáliz y los de Florida el fuste, el esqueleto debería tener la base en la mano.

–¿Te da miedo abrir la puerta?

–En absoluto –respondió Fiona. Con su mala suerte, seguramente estaría cerrada con llave… pero se abrió con toda facilidad, casi tirando de ella hacia el interior.

La habitación estaba llena de muebles apilados unos sobre otros casi hasta llegar al techo. Mesas, sillas, cómodas, todos viejos y de madera oscura.

–Creo que hemos encontrado el trastero.

–Qué interesante –James paso a su lado–. Nunca había estado aquí. No creo que nadie se haya fijado antes en esa puerta –añadió, mirando alrededor–. Puede que tengamos suerte.

–Esperemos que sea buena suerte.

–Me arriesgaré –dijo él, mirándola a los ojos.

El corazón de Fiona empezó a latir violentamente, en parte porque esa era la reacción que le provocaba cada vez que la miraba y en parte porque ella no estaba allí para darle buena suerte, sino todo lo contrario.

–Seguro que muchos de estos muebles tienen un gran valor.

–¿Sabes algo sobre muebles antiguos?

–Nada en absoluto.

–Yo tampoco. Supongo que los dejaré ahí para que los descubra la siguiente generación. Aunque podríamos mirar en los cajones… –James tiró del cajón de una elaborada cómoda, pero no se abrió.

–Deja que lo intente yo –Fiona necesitaba algo que hacer, pero se quedó con el tirador en la mano–. Ah, vaya.

–Parece que vamos a tener que alejarte de los muebles antiguos –bromeó él.

–Seguro que podemos volver a colocarlo. Aunque tal vez deberíamos dejárselo a un profesional.

James tiró del cajón, que se abrió como si fuera una caja de cerillas. Pero estaba vacío.

–Ah, qué pena.

Y parecía decirlo en serio. ¿Temía encontrar la pieza que faltaba y terminar su aventura demasiado pronto?

James abrió el siguiente cajón, también vacío y manchado de tinta.

–¿Será la sangre de los enemigos de tus antepasados?

–No, demasiado oscura. En el suelo de una habitación del piso de arriba hay una mancha de sangre que no se quita con nada. Uno de mis antepasados fue asesinado allí por un criado.

–Imagino que esa será la maldición familiar.

–Sin duda. Pero es de un color diferente a este, más claro, casi como una mancha de barniz.

–Menos mal –murmuró Fiona mientras abría un

baúl de roble oscuro con hojas talladas. La tapa se abrió con facilidad, pero el contenido hizo que lanzase una exclamación–. ¡Este baúl está lleno de bases de copas!

James soltó una carcajada.

–No son bases de copas, son antiguas palmatorias para las velas.

James tomó una palmatoria para mirarla a la luz. Como las demás, era de metal oscuro, sin brillo por el paso de los años.

–Supongo que dejaron de usarlas cuando se instaló la luz eléctrica. Aunque en esta zona del castillo sigue sin haberla.

–Resulta curioso pensar lo importantes que debieron ser una vez.

–Siguen siéndolo. Aquí se va la luz a menudo –James sonrió–. Ya verás cuando haya una tormenta.

–Tal vez los esqueletos quieran unirse a la fiesta.

–Yo no me preocupo por ellos. No me dan miedo.

–¿Entonces hay fantasmas en el castillo?

–Imagino que sí. Pero mientras me dejen en paz, yo no pienso molestarlos.

Fiona sonrió. James Drummond estaba resultando ser un hombre muy diferente de lo que había esperado.

–Deberíamos comprobar si alguna de ellas es la pieza que falta. Al fin y al cabo, tienen la misma forma. ¿De qué tamaño sería?

James frunció el ceño.

—No lo sé, pero ahora que nos hemos unido a la búsqueda oficialmente tal vez debería llamar a mi tía Katherine para que me diese los detalles. Voy a pedirle que me mande unas fotos de las otras dos piezas.

Katherine no estaba en casa y James le dejó un mensaje explicando la situación y pidiendo que lo llamase.

Agotados después del viaje, cenaron temprano y después fueron a sus respectivas habitaciones. Fiona cerró la puerta con la vieja llave, aunque estaba segura de que James no iba a intentar entrar después de lo que había pasado.

Despertó en medio de la noche, sin saber qué hora era. Se había quedado profundamente dormida y había olvidado dejar el móvil a mano…

El cielo debía estar cubierto de nubes, porque no podía ver la luna y la habitación era un agujero negro.

Con fantasmas en las esquinas, observándola.

Fiona se cubrió los hombros con la sábana. Aquel beso había sido una locura. Había sido tan repentino, tan inesperado… no sabía que James se sintiera atraído por ella. James Drummond era un hombre muy atractivo, desde luego, pero ella no solía besar a hombres a los que acababa de conocer.

Suspirando, se dio la vuelta. De modo que le gustaba a James…

Pero estaba allí para ayudar a su padre. Los bajos instintos de James Drummond no deberían interesarla más que para recuperar la empresa.

Inquieta, se sentó en la cama. A su lado, casi se había olvidado de su padre y la empresa, pero lejos de la seductora mirada de Drummond podía concentrarse en lo que era realmente importante.

Decidida a encontrar su móvil, bajó de la cama esperando que ninguna mano espectral la agarrase por los tobillos.

Con el corazón acelerado, se acercó a la silla donde recordaba haber dejado el bolso y lo buscó a tientas. Luego, con el móvil en la mano, volvió a la cama y se metió bajo las sábanas mientras buscaba el número de su padre.

–¿Dígame? –escuchó su voz al otro lado.

–Hola, papá.

Fiona sonrió. Había estado casi doce años sin ver a su padre y seguía enfadada con su madre por insistir en que era lo mejor.

–¿Quién es? –preguntó él, con tono brusco.

–Fiona –respondió ella–. ¿Quién más iba a llamarlo papá?, se preguntó–. No vas a creer desde dónde llamo.

De repente, se preguntó si debía contárselo. ¿Creería su padre que había ido hasta Escocia solo para ayudarlo o sospecharía de algún otro motivo?

–¿Dónde estás, Fifi?

Ese término cariñoso la hizo sonreír de nuevo. Cada conversación que mantenía con su padre era como un sueño hecho realidad.

–Estoy en Escocia, en la finca de James Drummond –después de decirlo contuvo el aliento, esperando que insultase al hombre al que tanto odiaba, pero la información fue recibida con total silencio–. Estoy aquí para recuperar tu empresa, papá.

–¿Qué? La empresa está perdida, ese canalla me la robó.

–Es suya, sí, pero aún no ha hecho nada con ella. Y mientras siga en pie, puedo recuperarla.

–No te la venderá.

Eso era cierto. Fiona le había pedido a un agente inmobiliario que se pusiera en contacto con él y la respuesta había sido una firme negativa. Pero, con un poco de suerte, ella conseguiría hacerlo cambiar de opinión.

–Todo tiene un precio, papá. Yo lo convenceré.

–Es una mala persona, Fifi.

–No, no es verdad. El problema es que solo piensa en los negocios.

Como su padre. Su madre le había contado muchas cosas malas sobre él cuando era pequeña: que siempre estaba criticándola, que no tenía tiempo para su familia y ponía todo el dinero que ganaba en la empresa…

No era la existencia ideal para una recién casada, aunque Fiona sabía que todo lo que merecía la pena requería un sacrificio. Sus padres eran muy diferentes: su madre dulce y artística, su padre seco y reservado. Y ella se parecía más a su padre…

–¿Por qué te ha invitado a ir a Escocia con él? ¿Está intentando aprovecharse de ti?

–Se supone que debo ayudarlo a encontrar una antigua joya familiar. Estamos buscando por todo el castillo.

–Ten cuidado con él.

–No te preocupes, lo tendré –afirmó Fiona. Pero también tendría que ponerse un cinturón de castidad, porque su mirada ejercía un efecto desconcertante en su libido–. Estoy intentando conocerlo mejor antes de idear un buen plan. Por el momento, creo que voy a decirle que necesito comprar un edificio en Singapur para mi nuevo negocio. Si es tan despiadado como dicen, no le importará venderme el de tu antigua fábrica.

–No le des tu dinero a ese demonio. Me robó la empresa y ahora intentaré robarte a ti.

–¿Has llamado al abogado que te dije?

Si la empresa había sido ilegalmente obtenida, su padre podría recuperarla.

–Bah, abogados –replicó él–. Solo serviría para gastar más dinero.

–¿James pagó los impuestos y se quedó con la empresa… así, sin más? No entiendo cómo puede pasar algo así.

–Yo debía unos meses de impuestos, tampoco tantos.

En la oficina de Hacienda con la que se había puesto en contacto le dijeron que su padre había perdido la empresa por impuestos impagados, pero no querían revelar mas detalles y su padre mantenía que se la había robado James Drummond. La relación con él estaba pasando por un momento muy delicado y Fiona no quería hacer nada que la pusiera en peligro, de modo que decidió no insistir.

–Bueno, vamos a esperar un poco. En cualquier

caso, quería decirte dónde estaba para que no te preocupases.

—Pues me estás dando razones para preocuparme, Fifi. Cuidado con ese *ang mo gui*.

—Lo tendré.

Le habría gustado decir que James no tenía el pelo rojo, pero en realidad el término *ang mo gui* se refería en general a los extranjeros.

—Cuando vuelva a Singapur voy a llevarte a mi restaurante favorito.

Con un poco de suerte, para darle la noticia de que había recuperado su empresa.

—Eso estaría muy bien, Fifi. Pero invitaré yo.

Fiona tragó saliva. Sabía que su padre no tenía dinero, pero él se llevaría un disgusto si decía algo al respecto. Tenía que inventar todo tipo de estratagemas para pagar las comidas y comprarle regalos...

Sin duda, su orgullo había sido determinante para acabar en la ruina; una lección de la que ella debería aprender.

—Será mejor que no me llames, por si acaso. No quiero que James sepa que soy tu hija.

Él rio, aparentemente encantado con el subterfugio.

—Mis labios están sellados.

—Volveré a llamarte en unos días.

Fiona cortó la comunicación sintiendo una repentina oleada de emoción y felicidad por tener una segunda oportunidad para conocer a su padre. Y no pensaba estropearla. Él siempre había querido un hijo, pero ella le demostraría que una hija podía ser mucho mejor.

No había vuelto a dormirse tras la conversación con su padre y estaba desfallecida de hambre, de modo que se aventuró a bajar al comedor, donde el desayuno ya estaba preparado. Mientras estaba tomando un poco de beicon, tostadas con mantequilla y dos tazas de un té brutalmente fuerte, James bajó al comedor.

–Siento no haber bajado antes. Estaba más cansado de lo que pensaba –se disculpó.

–No te preocupes, he encontrado el camino sin ningún problema. Pero puede que me acostumbre a tener el desayuno preparado cada mañana.

–¿Quieres café? Seguro que tenemos café en la despensa.

–No hace falta. Sobreviviré con el té.

–Katherine me ha enviado las fotografías que le pedí. Acabo de enviarlas a tu correo electrónico.

Fiona sacó su móvil y miró las fotos de una pieza de metal oscuro.

–Está muy contenta de que por fin haya decidido ayudarla y no he tenido corazón para decirle que me he visto obligado a contratar una empresa de seguridad para evitar que la gente de la zona buscase por toda la finca.

–Será mejor que encontremos la pieza antes de que aumente la recompensa y atraiga a más gente.

James estaba más guapo que el día anterior, pensó Fiona. Con pantalón y botas de montar parecía el dueño y señor del castillo.

–Esta mañana voy a montar un rato y había pensado si te gustaría venir conmigo.

–Me encantaría. Espero que no vaya contra la ley montar en vaqueros y mocasines.

–Nadie dirá nada, no te preocupes.

–Estupendo –el pulso de Fiona se aceleró ante la idea de galopar por la campiña escocesa, pero sobre todo por aquel hombre de pelo oscuro y mojado. Un par de gotas de agua rodaban aún por su cuello.

–¿Echas de menos montar cuando estás en Singapur?

–No, en absoluto. Juego al polo al menos dos veces por semana.

Ah, jugaba al polo. Entonces era lógico que tuviera ese aspecto tan atlético.

–¿Tú juegas?

–¿Al polo? No, pero me encantaría aprender.

James enarcó una ceja.

–¿De verdad? Entonces lo haremos cuando volvamos a Singapur.

El corazón de Fiona empezó a latir más deprisa. Para cuando volviesen a Singapur, James sabría quién era y probablemente la odiaría, de modo que no iba a invitarla a su club de polo.

Si su plan tenía éxito, claro.

De repente, sintió una punzada de arrepentimiento. Casi era una pena que James tuviera que ser su enemigo, porque podrían pasarlo muy bien juntos.

Después de desayunar, James la llevó a las caballerizas, un gran edificio de piedra donde altos y magníficos caballos reposaban en los cajones, con las puertas recién pintadas.

–Tienes muchos caballos.

–Ocho –dijo él–. Más que suficientes para Mick.

–¿El mozo de cuadras?

–El entrenador. El mozo se llama Toby.

Incluso los establos eran una pequeña industria en aquella vida llena de lujos y privilegios. Y, según él, aquel era un sitio desolado y desierto…

–Creo que deberías montar a Taffy –dijo James, señalando una yegua gris de ojos amables–. Es muy dócil.

–Tiene cara de buena –asintió ella–. ¿La saco yo o Toby lo hará por mí?

–Lo mejor es ensillarlo uno mismo, así sabes de qué humor está antes de montarlo.

Taffy fue con ella obedientemente mientras la sacaba del establo, pero le sorprendió que sus pezuñas no repiquetearan sobre el empedrado del suelo.

–¿No lleva herraduras?

–Todos mis caballos están sin herrar, es más sano para ellos. La gente suele burlarse, pero soy yo quien ríe el último cuando sus caballos pierden alguna herradura en medio de una cacería.

Fiona parpadeó. Aquel hombre estaba lleno de sorpresas. Jamás habría pensado que alguien como él se pararía un momento a pensar en el bienestar de un animal.

–El pobre Dougal lleva encerrado un mes y está un poco oxidado –siguió él, señalando a su caballo.

Fiona lo miró, asustada. ¿Iba a montar aquel animal enorme?

–¿Cómo eliges a tus caballos?

–Por instinto. Los compro siendo potros. Un viejo amigo del colegio los cría y me hace visitarlo al menos una vez al año.

Y parecían felices allí. Los animales estaban tan limpios que seguramente alguien los habría cepillado esa misma mañana.

Un joven apareció entonces con los aperos.

–Deje que la ayude a colocar la silla, señorita.

–Gracias.

Después de ensillarla y ponerle el bocado, el chico llevó un taburete de madera y Fiona tuvo que disimular su decepción, porque había pensado que James la ayudaría a subir a la silla.

«Recuerda la razón por la que estás aquí. James tiene unos bonitos caballos y un precioso castillo, pero es un hombre frío y cruel que gana millones explotando a otras personas».

No se convenció a sí misma del todo y, mientras subía a la silla, tuvo que hacer un esfuerzo para olvidarse de lo bien que le quedaban los pantalones a James.

Taffy no parecía asustada por su nueva amazona y, unos minutos después, estaban trotando por un prado. Los caballos empezaban a calentarse y, cuando atravesaron una verja de metal, Fiona se encontró con varios kilómetros de campo abierto frente a ellos.

–¿Dejamos que estiren las patas? –sugirió.

–Muy bien. Ve tú delante, por si acaso.

Sin duda porque esperaba tener que acudir al rescate en cualquier momento.

Disimulando una sonrisa, Fiona espoleó al animal y lo lanzó al trote. Cuando estuvo segura de que la entendía, apretó las piernas en sus flancos y, como había anticipado, Taffy cambió de marcha como un Bentley y empezó a galopar a toda velocidad. Fiona se dio cuenta de que iba sonriendo de oreja a oreja mientras el viento le acariciaba la cara y el paisaje se convertía en un borrón verde.

Aquello era muy divertido.

Capítulo Cuatro

James solo había planeado trotar un rato, por eso había elegido a Dougal, que estaba recuperándose de una lesión en el tendón de una pata.

Fiona era pequeña y delgada, y que hubiese montado alguna vez a caballo por la playa no significaba que pudiese montar por el campo.

De hecho, parecía sentada precariamente sobre la silla de Taffy que, aunque de generosa naturaleza, era un animal muy grande. Con sus modernos vaqueros de diseño y sus elegantes mocasines, Fiona debería estar caminando por una pasarela y no sentada sobre una enorme bestia.

Por eso le sorprendió tanto cuando se lanzó a la carrera.

James se quedó mirándola, sujetando las riendas de Dougal, que quería ir tras la yegua. El caballo lo mantuvo ocupado durante cinco minutos y entonces escuchó el retumbar de las pezuñas de Taffy sobre la hierba. Cuando levantó la mirada, ya estaba buscando el móvil en el bolsillo para llamar a Urgencias, convencido de que Fiona se había caído del animal. Pero no era así.

–¡Estás viva! –exclamó, dejando escapar un suspiro de alivio.

–Me he enamorado –dijo ella, acariciando el cuello del animal.

–¿De verdad? –James parpadeó, a punto de gritar que también él estaba enamorado. Fiona era como un soplo de aire fresco en su predecible existencia.

–Taffy es una yegua entre un millón. Sabe escuchar y responde a cada gesto, por pequeño que sea.

De modo que no estaba enamorada de él. ¿Era una desilusión? Le gustaría darse de tortas.

–Por eso la he elegido para ti. Pero no esperaba que fueras una amazona tan competente.

–Lo sé –dijo ella, riendo–. Esperabas que me cayese de la silla, ¿verdad?

James asintió con la cabeza.

–Y me alegro mucho de que no te hayas caído. Dougal está recuperándose de una lesión, así que nos hemos llevado un disgusto por no poder seguirte.

–Tal vez en otra ocasión –Fiona seguía sonriendo, con los ojos brillantes. Estaba preciosa.

–Desde luego que sí –asintió él–. Pero por ahora deberíamos volver al trote para que el pobre Dougal no se haga daño en otro tendón.

–De acuerdo.

James la observaba saltar sobre la silla, boquiabierto. Fiona Lam estaba resultando ser alguien muy diferente a lo que había esperado.

¿Eso era bueno? No estaba seguro. Se había sentido atraído por ella desde el primer momento y esa atracción se había convertido en una oleada de deseo en las horas que habían pasado juntos.

Parecía una buena candidata a esposa porque era inteligente y sensata y su mezcla de culturas la hacía muy atractiva desde un punto de vista empresarial, ya que su educación británica lo ponía en desventaja. A veces no entendía las opiniones y perspectivas de otras personas y eso lo hacía ver lo limitados que eran sus horizontes.

Por el momento, Fiona era una sorpresa en todos los sentidos y lo mejor sería hacer lo posible para que no encontrasen la base de esa copa, porque no tenía intención de despedirse de ella. Aunque no iban a encontrarla porque, conociendo al clan Drummond, seguramente la habrían fundido para convertirla en una bala de cañón o algo parecido. Si aparecía, tendría que encontrar alguna otra manera de retenerla allí. Además, por el momento, Fiona parecía estar pasándolo bien.

—La verdad es que no te entiendo.

—¿Cómo?

—Podrías vivir aquí y, sin embargo, has decidido vivir en un rascacielos, en una de las ciudades más pobladas de la tierra.

—Debo estar loco.

Había llevado allí a otras mujeres, pero la mayoría de ellas se habían quejado de la constante lluvia, del mal tiempo o de que no hubiese cerca un centro comercial. Fiona, sin embargo, parecía imbuida del espíritu de aquel sitio, encantada de estar allí.

—Creo que estás loco, pero no importa. Todos estamos locos a nuestra manera —Fiona trotaba a su lado, sonriendo de oreja a oreja—. Estoy empezando a pensar que también yo he cometido una locura al pasar tantos años delante de un ordenador. Definitivamente, tengo que abrir mis alas un poco más.

–Y te has ganado ese derecho.

Había conseguido más en cinco años que mucha gente en toda su vida.

–Supongo que sí, pero la verdad es que cuando no trabajo siento que estoy haraganeando.

–Te entiendo. Yo no me he tomado unas vacaciones de verdad desde… bueno, la verdad es que no creo haber tomado vacaciones nunca.

–Parece que tenemos mucho en común.

–Sí, es verdad.

El deseo entre ellos era como el viento. James deseaba volver a besarla y eso hacía que no pudiera concentrarse en otra cosa. ¿Sería tan malo hacer el amor con ella? La atracción era mutua, eso resultaba evidente. Se habían conocido apenas veinticuatro horas antes y ya habían pasado una noche bajo el mismo techo…

–¿De qué te ríes? –sus ojos brillaban y su pelo se movía alrededor del casco de montar.

–No lo sé, debo estar borracho de aire fresco.

De hecho, se sentía casi mareado por las posibilidades.

¿Podría haber encontrado a su futura esposa? Por supuesto, no estaba enamorado de Fiona. Él era demasiado sensato como para creer en tan desatadas emociones. Uno no levantaba un negocio que valía miles de millones de dólares si no actuaba con la cabeza fría. Pero su mente calculadora estaba creando imágenes que hacían que pasar tiempo con Fiona fuera una inversión muy prometedora.

—Yo también.

Había empezado a lloviznar, pero ella no protestó. Al contrario, echó la cabeza hacia atrás para sentir la lluvia en la cara.

—Será mejor que volvamos. Creo que Dougal ha tenido suficientes emociones por un día.

—Sí, claro. Ahora que mi cerebro funciona otra vez estoy deseando ver el resto del castillo. Apenas recuerdo lo que pasó ayer.

James sonrió. El beso estaba tan fresco en su mente que casi podía saborearlo. ¿Intentaba hacerle creer que el día anterior estaba tan cansada que todo había sido un accidente? No sabía por qué, pero eso aumentó su deseo de seducirla. Tal vez porque era un reto que le parecía irresistible.

—Ojalá pudiésemos echar una carrera hasta el castillo.

—Ganaría yo —dijo Fiona, segura de sí misma.

—Yo conozco a estos caballos mejor que tú y podría darte el más lento a propósito.

—Seguro que sí, pero ganaría de todas formas.

—¿Cómo?

—Por pura determinación. Si tienes suficiente determinación, puedes conseguir lo que quieras.

James soltó una carcajada.

—Eso tendrás que demostrarlo.

—Estoy deseando hacerlo.

Y él también. Fiona parecía convencida de que iba a ganar, pero nadie ganaba a James Drum-

51

mond… a menos que él quisiera perder con algún propósito estratégico.

¿Qué pensaría Fiona si supiera que estaba planeando su boda? Una gran boda en la capilla del castillo, con invitados de todo el mundo. Luego una ostentosa fiesta en Singapur para invitar a futuros inversores… lo planearía y ejecutaría como un negocio y Fiona Lam no podría hacer nada.

El paseo a caballo había dejado a Fiona emocionada, aunque le entristecía un poco pensar que la aventura escocesa, como su encuentro con James, duraría poco. Durante unos segundos, montada sobre la silla de Taffy, había imaginado cómo sería si fuera real…

Su imaginación galopaba con ella y había tenido que hacer un esfuerzo para controlarla. Ella no estaba hecha para ser la señora de un castillo escocés y, sin duda, la gente del pueblo se quedaría sorprendida si una chica sin pedigrí usurpase ese puesto.

Aunque ella no estaba planeando usurparlo. Recuperaría la empresa de su padre, volvería al otro lado del mundo y nadie fuera de Singapur sabría nada. James habría perdido un pequeño negocio, pero pronto lo olvidaría. Como la olvidaría a ella.

Fiona tragó saliva. Qué extraño conocer el final de aquella historia cuando apenas había empezado.

Pasaron la tarde revisando las habitaciones del castillo, sorprendentemente austeras.

–¿Dónde están las cosas?

–¿Qué cosas?

–Los muebles, los cuadros. Parece como si nadie hubiese vivido aquí.

–Supongo que mis antepasados los perdieron en alguna partida de dados. No olvides a mi tío Gaylord. Tal vez la persona que ganó el castillo lo vendió todo.

–Qué pena –dijo Fiona, mirando alrededor. La habitación en la que estaban tenía una sola ventana muy alta que le daba un aire de celda–. Todo eso era parte de la historia de tu familia.

–La historia existe aunque los muebles hayan desaparecido –James señaló una mancha oscura en la pared–. Seguramente alguien solía sentarse ahí para leer a la luz de una vela.

–O para coser.

–O para jugarse hasta el último penique –dijo James, con una burlona sonrisa.

–Tal vez estaría haciendo planes para vengarse del enemigo.

–O haciendo el amor –dijo él, con voz ronca.

–No hace falta luz para eso –murmuró Fiona.

–Cierto. Solo una superficie blanda.

–Ni siquiera eso.

Fiona intentaba mostrarse calmada, aunque no lo estaba. Su imaginación se había echado a volar… James Drummond tirado en el suelo, medio desnudo y susurrando su nombre. James Drummond aplastándola contra una pared, respirando en su oído.

–Tal vez no eran tan exigentes como nosotros.

James dio un paso adelante y la besó, dejándola sin aliento. Sabía de maravilla, embriagador, como el mejor whisky escocés. La abrazó entonces, sin acariciarla, de una forma muy romántica. Cuando se apartó, Fiona abrió los ojos, parpadeando.

–¿Esto es lo que podríamos llamar un beso histórico?

No sabía qué decir, pero tenía que decir algo para romper la tensión.

–Ahora es historia –dijo James– pero el futuro llegará sin que nos demos cuenta.

¿Qué había querido decir con eso? ¿Que había futuro para ellos?

Sí, le decía una parte egoísta y lasciva de su cerebro.

Había estado tan ocupada últimamente que apenas había tenido tiempo para salir y conocer gente. La publicidad provocada por la venta de su empresa había asustado a todos salvo a sus mejores amigos. Y que se hubiera vendido por una fortuna no la había ayudado mucho.

Le gustaría poder darle parte de ese dinero a su padre, pero él no lo aceptaría, estaba segura. Era demasiado orgulloso. Aunque también ella era orgullosa, uno de los defectos que había heredado de él, y estaba decidida a ayudarlo recuperando la empresa de las garras de James Drummond.

Se preguntó entonces si alguien habría besado a su enemigo en aquella habitación.

Probablemente.

–¿Qué nos aguarda en el futuro?

–No lo sé, no soy adivino –respondió él, mirándola a los ojos–. Solo puedo ver lo que tengo delante.

Se besaron de nuevo, con tanta pasión que Fiona creyó ver estrellitas bajo los párpados. Pero era química sexual, nada más, se decía a sí misma.

James estaba seduciéndola deliberadamente, besando sus ojos, sus mejillas, deslizando una mano por su espina dorsal y dejándola acalorada. Sin pensar, empujó las caderas hacia él y sintió la dura y salvaje erección bajo los pantalones…

–Un momento –murmuró entonces, apartándose.

–¿Lo dices en serio? –preguntó él, con voz ronca.

–Acabamos de conocernos. Estoy aquí como tu prisionera… digo como tu invitada, y las cosas están yendo demasiado rápido.

–¿Mi prisionera? –James enarcó una ceja.

–Me ha traicionado el subconsciente –Fiona levantó la barbilla para mirarlo a los ojos. Pero debes admitir que no podría escapar tan fácilmente.

–Mucho mejor –James apretó su cintura.

–¿Es así como tratas a todas tus invitadas?

–Solo a las guapas –respondió James.

–Entonces, mereces la reputación que tienes.

Él apartó las manos de su cintura y Fiona tragó saliva al pensar que había hablado demasiado.

–¿Qué sabes de mi reputación?

–Pregunté por ahí antes de subir a un avión con un desconocido.

–Pero viniste conmigo de todas formas.

–No le tengo miedo a… un donjuán.

James rio.

–¿Un donjuán? ¿Estamos en el siglo XIX?

–No se me ocurría un término más amable. Bueno, ¿que tal un ligón?

James rio de nuevo.

–No sé si me han llamado eso alguna vez, pero no lo soy. Nunca salgo con varias mujeres a la vez, siempre de una en una.

–Entonces, ¿por qué no te has casado? –le preguntó Fiona. Ya no estaba abrazándola, de modo que pudo respirar de nuevo–. Dices que aún no has conocido a la mujer adecuada, pero yo sé que hay algo más. Y como, por lo visto, yo ya estoy en tu lista de conquistas, será mejor que me lo cuentes.

James frunció el ceño.

–Una vez conocí a la mujer perfecta.

Las palabras quedaron colgadas en el aire durante un segundo, pero luego se dio la vuelta para dirigirse a la puerta.

Fiona fue tras él, convencida de que lo que había pasado con esa mujer era la clave para entender a James Drummond. ¿Lo habría dejado con el corazón roto? ¿Habría huido con su mejor amigo? Su corazón latía con fuerza mientras lo seguía por el pasillo. James se dirigía a una parte del castillo que aún no habían explorado, abriendo una puerta tras otra.

–¿Adónde vamos?

Él no respondió, tal vez perdido en sus pensamientos.

–¿Quién era ella?

El largo pasillo terminaba en un muro, con una escalera de piedra a la izquierda. James puso el pie en el primer escalón.

–Su nombre era Catriona.

–Parece un nombre escocés.

–Lo era.

–¿Qué ocurrió, James? ¿Catriona murió?

–Así es –respondió él por fin–. Este fin de semana hará diecisiete años.

–Lo siento mucho.

–¿Por qué? Tú no la mataste –dijo James entonces, volviéndose para mirarla–. Lo hice yo.

Fiona lo miró, perpleja. ¿Había oscuros secretos en la vida de James Drummond de los que ella no sabía nada? Y estaba sola con él en una zona remota del castillo…

No le había contado a sus amigos dónde iba porque estaba convencida de que lo verían como una locura e intentarían convencerla de que no lo hiciera, especialmente si les hubiera contado cuál era su propósito.

El instinto le decía que podía confiar en él. De hecho, el instinto le suplicaba que se echase en sus brazos para ofrecerle compasión por aquella carga que había llevado sobre los hombros durante tanto tiempo.

–¿Qué ocurrió?

–Fue un accidente de coche.

–¿Conducías tú?

–Sí –James levantó la mirada.

–Y te sientes culpable.

–Soy culpable. Yo debería haber evitado el accidente.

–¿Ocurrió cerca de aquí? –le preguntó Fiona, con un nudo en la garganta.

–A unos kilómetros del pueblo –James se pasó una mano por el pelo–. Era de noche y volvíamos de una fiesta. La llevaba a la casa de sus padres, en el pueblo.

Una chica del pueblo. Eso la sorprendió. Por alguna razón, había creído que James solo saldría con chicas sofisticadas y aristocráticas.

–¿Os conocíais desde hacía tiempo?

–De toda la vida –James exhaló un suspiro–. Los dos estábamos fuera en un internado la mayoría del tiempo, pero nos veíamos durante las vacaciones. Su padre era… es el medicó del pueblo y la dejaba aquí todas las mañanas para que pasáramos el día juntos montando a caballo o leyendo algún libro.

–Entonces, erais amigos.

–Éramos mucho más que eso.

–Catriona fue tu primer amor –sugirió Fiona.

–Mi único amor.

Lo había dicho con cierta dificultad y Fiona se preguntó si sería la primera vez que pronunciaba esas palabras. Un momento antes estaban besándose, pero de repente era como si estuvieran separados por un foso.

–Estaba enamorado de ella –murmuró James, mirando hacia la ventana, desde la que podía verse un prado en el que pastaba un grupo de ovejas.

–Y por eso nunca has podido amar a nadie más.

Él no respondió enseguida, pero lo vio fruncir el ceño.

–Nunca he sentido algo así por nadie más, pero tal vez ha llegado la hora de seguir adelante.

Fiona tragó saliva. ¿Estaba diciendo que quería seguir adelante con ella, una persona a la que acababa de conocer, después de diecisiete años pensando en Catriona?

Ella no estaba allí para curar su dolido corazón, sino para curar el de su padre. Y no había pensado en los sentimientos de James porque había supuesto que no los tenía.

O tal vez lo había entendido mal. Podría haberla llevado allí para entretenerse mientras buscaba a la perfecta señora del castillo. Probablemente una mujer rubia, escocesa, con antepasados aristócratas hasta la Edad del Bronce.

Desde luego no una chica californiana de origen asiático obsesionada por los negocios y dispuesta a usar una treta para recuperar la empresa de su padre.

Fiona no sabía qué decir. El ambiente se había vuelto tan tenso como si se avecinase una tormenta, pero el cielo estaba limpio.

–Me parece muy bien, ha pasado mucho tiempo.

–Eso dice todo el mundo, pero a mí me parece que fue ayer. Especialmente cuando vuelvo aquí –James se volvió para seguir subiendo otro tramo de escalera y Fiona lo siguió, aliviada al poder respirar de nuevo.

–Por eso no te gusta volver aquí, ¿verdad?

–Sí.

De modo que evitaba la casa de sus antepasados no porque el sitio le pareciese aburrido o remoto sino porque se sentía perseguido por el recuerdo de Catriona.

–Ella hubiese querido que rehicieras tu vida.

–¿Y tú cómo lo sabes?

–Si te amaba de verdad, habría querido que fueras feliz.

A menos que hubiera sido una persona sin corazón y quisiera que James pasara el resto de su vida recordándola, lo cual era enteramente posible.

James siguió subiendo escalones y cuando empujó una pesada puerta de hierro Fiona dejó escapar una exclamación de sorpresa al ver una terraza desde la que se veía toda la finca.

–Tienes razón. A Catriona le disgustaría mi comportamiento.

–¿A qué te refieres?

–A dejar que mujeres inocentes crean que soy un hombre normal que podría hacerlas felices… cuando la verdad es que rompo la relación en cuanto veo que quieren algo más.

Fiona tragó saliva. No era una manera de promocionarse a sí mismo, desde luego. Y eso significaba que no estaba interesado en impresionarla o en tener ningún tipo de relación. ¿Por qué eso la hacía sentir incómoda? No debería importarle en absoluto. Ella no quería enamorarse de James o que él se enamorase de ella.

–¿Por qué has cambiado de opinión? –le preguntó. No creía que la hubiera llevado allí para buscar la pieza que faltaba, ya que no parecía importarle demasiado.

La expresión de James se endureció.

–Es hora de casarme y tener un heredero.

Fiona irguió los hombros. Estaba jugando con ella y era una grosería besarla cuando estaba a punto de casarse con otra mujer.

–¿Y ya tienes a alguien en mente?

James la miró directamente y a Fiona le sorprendió ver los ojos grises cargados de emoción.

–Sí, lo tengo.

Capítulo Cinco

Fiona se quedó boquiabierta durante lo que le pareció un minuto entero, pero no debía haber sido más que un segundo.

¿James estaba dando a entender que ella podría ser su futura esposa y la madre de sus hijos? Tal vez se había quedado impresionado por sus dotes de amazona, pensó, irónica.

No, imposible. Debía estar imaginando cosas. Tanto aire fresco había embotado su cerebro.

–Espero que encuentres el amor algún día –no sabía qué otra cosa podía decir–. Sería una pena que nadie heredase este castillo.

–Lo compraría algún americano y lo convertiría en un hotel con campo de golf –dijo James.

–Tal vez eso no estaría tan mal.

–Si te gusta el golf, supongo que no –James miró el impresionante paisaje. El pueblo estaba a medio kilómetro del castillo, pero si había algún otro edificio o casa cerca estaba bien escondido.

–Te entiendo. Es como ser el propietario de tu propio país, pero sin tener que soportar a tus conciudadanos.

–O las molestas tiendas de recuerdos.

–Bah, ¿quién las necesita? Yo lo compro todo

por Internet. Sería muy feliz en mi propio reino –era una afirmación descarada, considerando dónde iba la conversación. Incluso hecha a la ligera, pero pareció ponerlo de buen humor. Si él le tomaba el pelo con la idea del matrimonio, ¿por qué no seguirle la corriente?

–¿De verdad? ¿No crees que te aburrirías o te sentirías sola?

–No –Fiona levantó la barbilla–. Estoy segura de que encontraría algo que me mantuviese ocupada. Y aquí hay sitio suficiente para construir un helipuerto, por si fuera necesario escapar a toda prisa.

James hizo una mueca.

–Ya hay uno. Mi padre lo construyó en los años setenta, pero dejó de usarse cuando su helicóptero desapareció en el mar.

–Lo siento –dijo Fiona, llevándose una mano al corazón–. No lo sabía.

–Lo peor es que nunca llegué a conocerlo. Viajaba mucho cuando yo era pequeño y luego me llevaron a un internado… supongo que lo habría echado de menos si hubiéramos tenido más relación, pero es frustrante no haber tenido esa oportunidad.

A ella le pasaba lo mismo. Qué triste que tampoco él hubiese podido conocer a su padre, aunque fuera por diferentes razones. Al menos, ella tenía la oportunidad de solucionar la situación.

–¿Dónde vive tu madre? –le preguntó con cierta aprensión, esperando que no hubiese muerto en el mismo accidente.

–En Zúrich. No solía venir por aquí cuando yo era pequeño porque no soporta el sitio. Sospecho que cree en la maldición familiar y la finca le da escalofríos. Siempre ha dicho que no puede vivir tan lejos de la civilización.

Fiona frunció el ceño.

–A mí me parece un sitio muy tranquilo.

–Es tranquilo y solitario porque no hay nadie que turbe la paz.

–Tal vez sea por eso por lo que me has traído aquí.

–Posiblemente –James esbozó una sonrisa–. Y, por el momento, todo está yendo bien.

El viento y el paseo a caballo habían llevado color a las mejillas de James y el brillo de sus ojos los hacía parecer menos fríos. ¿La besaría de nuevo? ¿Dónde llevaría aquello?

Nunca había estado en una situación tan extraña. Tal vez eso era lo que le pasaba a la gente que vendía su negocio y se convertía en millonaria de un día para otro. Los hombres no la llevaban a castillos escoceses cuando era una simple diseñadora empeñada en abrir su propia empresa. De hecho, había estado mucho tiempo sin salir con nadie y si no hubiera investigando las finanzas de James con oscuros propósitos, casi podría creer que quería casarse con ella por dinero. Pero como sabía que no era así, no entendía cuál era su intención.

Un zumbido electrónico interrumpió sus pensamientos, y cuando James metió la mano en el bolsillo de la chaqueta para sacar el móvil, Fiona se dio cuenta de que era la primera vez que lo veía aceptar una llamada desde que llegaron allí.

Discretamente, se dio la vuelta para que pudiese hablar con tranquilidad, aunque aguzó el oído. ¿Quién tenía el privilegio de hablar con James Drummond cuando no estaba en la oficina? ¿Quién sería su ayudante? Ella debería saber todas esas cosas, pero no era fácil encontrar información privada sobre aquel hombre.

James habló en voz baja durante unos minutos y, después de despedirse de su interlocutor, cortó la comunicación.

—No sabía que hubieras traído el móvil.

—Ojalá pudiese dejarlo en la oficina, pero el mundo espera que esté disponible a todas horas. Mi ayudante me pasa solo algunas llamadas y esta era de un hombre que quería hablarme de un proyecto interesante.

—¿En Singapur? —preguntó Fiona, con el estómago encogido. ¿Sería aquel el proyecto por el que le había quitado la empresa a su padre?

—Sí, entre otras ciudades.

—A ver si lo adivino: una cadena de hoteles.

—No exactamente —el rostro de James era como una máscara de granito y Fiona supo que aquella era toda la información que iba a recibir—. Ahora debo sentarme un rato frente al ordenador para estudiar unos números, pero tú puedes explorar el castillo.

Parecía preocupado y Fiona se preguntó qué pasaría después de la cena. Ya no tenía la excusa de estar cansada después del viaje, y James la cortejaba descaradamente…

Aunque tampoco ella estaba resistiéndose.

De vuelta en su habitación, llamó a su mejor amiga, Crystal, en San Diego.

–¿Cómo que estás en Escocia?

–Todo ocurrió tan rápidamente que no tuve tiempo de llamarte…

–Llevo años queriendo ir a Escocia. No puedo creer que hayas ido sin mí.

–No fue nada planeado. James me invitó y no pude negarme.

–¿James?

–Es un heredero escocés.

–¡Madre mía, vas a ser una duquesa!

–Creo que el título de duque es inglés, no escocés.

–Bueno, entonces lo que sea… una baronesa.

–Acabo de conocerlo y no hay nada entre nosotros –dijo Fiona, sorprendida por mentir a su mejor amiga–. Bueno, nos hemos besado una vez o dos, pero aparte de eso, este es un viaje de negocios.

–¿Un viaje de negocios que incluye besos? Qué interesante.

–En serio…

–Ese no es tu estilo, Fiona. ¿No te negaste a besar a Danny Fibonacci porque pensaste que quería robarte el puesto de limonada?

–Y como últimamente lo han acusado de competencia desleal, creo que tenía mucha razón.

Crystal rio.

—¿De qué clase de negocios se trata?

—Estamos buscando una vieja copa… o más bien una pieza de la copa –Fiona frunció el ceño. A veces le resultaba difícil recordar esa parte de la aventura–. Es una herencia familiar que se perdió hace cientos de años.

—Me parece una excusa muy pobre por parte del barón, o lo que sea, para seducirte.

—Oye, que yo tengo mis razones para estar aquí.

—A ver si lo adivino: es alto, moreno y guapo.

Fiona miró alrededor, esperando que no hubiera una cámara oculta.

—Sí, es todo eso, pero estoy aquí porque le robó la empresa a mi padre y quiero recuperarla.

—¿Cómo van las cosas con tu padre?

—Bien, muy bien. Está disgustado por haber perdido su negocio, por eso quiero recuperarlo.

—¿Has intentado comprárselo al tal James?

—Dijo que no cuando le pedí a una inmobiliaria que se pusiera en contacto con él, pero si lo conociese un poco mejor podría diseñar una estrategia…

—¿Y si aun así dijera que no?

Fiona se mordió los labios. No había pensado qué pasaría si James le decía que no.

—Encontraré la forma. Ahora tengo mucho dinero.

—¿Y cómo sabes que tu padre va a agradecértelo? Apenas lo conoces.

El comentario de Crystal fue como una bofetada.

–He pasado mucho tiempo con él estos días.

–Podría haberte visitado en California cuando eras niña, pero no lo hizo.

–La situación es más complicada de lo que crees.

De niña, había esperado que su padre fuese a verla. O le suplicaba a su madre que la llevase a Singapur, pero ella decía que el viaje era demasiado caro o que tenían cosas que hacer. Siempre había alguna excusa. El divorcio de sus padres había sido muy amargo y sospechaba que su madre quería que se olvidase de él por completo.

Pero no lo había hecho y, por fin, podía celebrar un cumpleaños con su padre o llamarlo para charlar como siempre había soñado.

–Me parece muy bien que intentes mantener una relación con tu padre, cielo, pero no quiero que te haga daño.

–No va a hacerme daño –respondió Fiona, deseando no haber llamado a Crystal–. Además, estoy pasando unas vacaciones muy interesantes en Escocia.

–Eso parece. Estoy deseando que me cuentes todos los detalles.

Después de despedirse, Fiona suspiró. Sabía que debía vestirse para cenar en el magnífico comedor con paredes forradas de madera, de modo que se puso un vestido negro y unos pendientes de perlas. Elegante, pero nada exagerado.

Gracias a Dios por el vestidito negro.

Nerviosa, se puso brillo en los labios. Dos besos querían decir que había muchas probabilidades de un tercero. Aunque podría pensar que eso haría más fácil convencerlo para que le vendiese la empresa de su padre, Fiona estaba convencida de que en realidad complicaba la situación porque James no sabía que ella tuviese nada que ver con esa empresa...

Al escuchar un golpecito en la puerta dio un respingo.

–Entra.

–La cena está lista –James estaba en el pasillo, muy elegante con un traje de chaqueta oscuro y una camisa blanca.

Qué curioso que los dos se arreglasen para cenar cuando no había más invitados. Aquel era un mundo extraño para ella.

–Estás muy guapa –dijo James, mirándola de arriba abajo.

–Gracias. Tú también estás muy guapo –Fiona tuvo que hacer un esfuerzo para no reír. Aquello parecía una cita.

Cuando estaba con James, le parecía natural flirtear con él. Incluso los besos le parecían algo normal. Pero la misión de esa noche consistía en decirle que quería recuperar una propiedad en Singapur, en el sitio donde había estado la fábrica de su padre.

–¿Bajamos?

–Estoy casi lista –murmuró Fiona, fingiendo retocarse los labios.

–El tiempo que tardas en arreglarte está bien empleado –dijo James, con un brillo de admiración en los ojos que la hizo sentir preciosa. James la hacía sentir de ese modo.

—¿Nunca te apetece comer delante de la televisión o algo así? —le preguntó cuando salían de la habitación.

—Cenar en el comedor es una tradición. Además, los empleados no tienen mucho que hacer y no quiero que presenten su dimisión por aburrimiento.

—Ahora hablas como un empresario.

—Esta finca es más una empresa que un hogar para mí.

—Es una pena.

—¿Por qué?

—Si piensas en la gente que ha vivido y ha muerto aquí… cada habitación, cada mueble tiene su historia.

—Esa es una de las razones por las que me gusta tanto mi casa en Singapur. Allí puedo relajarme sin estar rodeado de fantasmas.

Cuando salieron al pasillo, Fiona observó un enorme cuadro que representaba a un joven con un ciervo, de espaldas a un bosque. Por el atuendo del joven, parecía ser del siglo XVIII.

—Ese cuadro es fantástico.

—Sí, supongo que sí. Además, te sigue con los ojos.

—Pero si está mirando hacia un lado.

—No el hombre, el ciervo.

Fiona se detuvo delante del cuadro. El ciervo parecía estar mirándola con sus ojos marrones…

—Es verdad —admitió, antes de ir con él hacia la escalera, mirando por encima de su hombro para ver si el animal seguía mirándola—. ¿Qué decía el lema de tu familia?

—Mantén afilada tu espada —James hizo una mueca—. Buen consejo en el mundo de los negocios.

Mientras el mayordomo servía la cena, Fiona le hizo preguntas sobre la finca, en parte para saber más cosas sobre él, pero sobre todo porque sentía curiosidad.

—¿Entonces la finca se mantiene sola?

—A duras penas —respondió James—. El mercado de productos orgánicos fluctúa de temporada en temporada. Me han dicho que los clientes buscan cada vez más productos de lujo… jerséis y prendas de cachemir, pero no me apetece ese tipo de negocio.

—¿Por qué no?

—No hay volumen suficiente. El negocio del lujo funciona vendiendo pocos productos con un gran margen de beneficios y eso no despierta mi interés.

—Pero tú posees hoteles y edificios de lujo. Imagino que eso es algo similar.

—No —James tomó un sorbo de vino—. La mina de oro está en la tierra que poseas. El mantra de mi abuelo era «nunca vendas las tierras», y yo le he hecho caso. Ahí es donde está el valor a largo plazo.

Fiona probó el *roast beef*, con el corazón acelerado. Estaba segura de que había comprado la empresa de su padre por la parcela en la que estaba asentada. ¿Para qué iba a querer él una antigua fábrica de accesorios? ¿Y cómo iba a convencerlo para que se la vendiese si no estaba dispuesto a deshacerse de la parcela?

—Imagino que a veces vendes propiedades.

—No, casi nunca —respondió él, con una sonrisa—. Al menos, aún no. Imagino que algún día alguien me ofrecerá un precio al que no pueda resistirme.

Fiona le devolvió la sonrisa, aliviada.

—¿Y tendría que ser un precio muy alto?

—Desde luego. Algo más que dinero —James se echó hacia atrás en la silla—. Y nunca vendería este sitio, por mucho que me ofrecieran.

—Claro, lo entiendo. Eso sería como vender tu ADN.

—Vendería mi ADN sin ningún problema si fueran a usarlo para investigación. Mis células fabricarían más ADN —James había terminado de cenar y estaba observándola atentamente.

Fiona dejó el cuchillo y el tenedor sobre el plato. Era hora de arriesgarse.

—Algo más que dinero —repitió, enarcando una ceja—. ¿Un reto, quizá?

Él inclinó a un lado la cabeza, claramente intrigado.

—No puedo decir que nadie me haya hecho esa oferta, pero si el reto fuera lo bastante interesante puede que la tomase en consideración.

Fiona intentó respirar con normalidad, tarea nada fácil en esas circunstancias.

–Yo estoy buscando un nuevo proyecto y, como tú tienes buen ojo para encontrar oportunidades, había pensado robarte alguna idea para mi próximo negocio.

James esbozó una sonrisa.

–Estoy seguro de que a ti se te ocurriría algo mucho más interesante.

–Tal vez sí o tal vez no. Tu experiencia podría complementarse con la mía y producir algo irresistible –no era fácil pensar en los negocios con los ojos de James clavados en ella–. Tú ya tienes un negocio en Singapur, pero yo soy nueva allí y aún no sé lo que quiero hacer.

–Singapur es un sitio en el que se encuentran empresarios de todo el mundo. Millones de contenedores de carga tienen que pasar por allí por una cuestión geográfica.

–Sí, lo sé.

–Hasta que alguien invente un avión que pueda cargar contenedores pesados, el puerto de Singapur seguirá siendo uno de los más importantes del mundo.

Fiona se mordió los labios, como si estuviera pensándolo.

–Tal vez debería seguir trabajando en mi plan de transporte por avión.

–Yo sería el primero en invertir.

–La verdad es que estoy interesada en las tendencias. Creo que mi próximo paso será en el mundo de la moda.

La fábrica de su padre, a una manzana de una

calle llena de tiendas lujosas, sería un sitio estupendo para levantar un hotel, pero ella no sabía nada del negocio hotelero.

–¿Creando productos o vendiendo los de otros? –preguntó James.

–Tal vez las dos cosas, con una fuerte presencia en Internet y una tienda en Singapur –respondió Fiona. En el mismo sitio en el que solía estar la empresa de su padre–. Empezaría buscando el local perfecto.

Esperaba que no estuviese creciéndole la nariz, pero su presión arterial se ponía por las nubes cada vez que lo miraba. Si no se hubieran besado… era doloroso recordar cómo se había rendido. Química, eso era todo. Algo que podía copiarse en un laboratorio y probablemente apagar y encender el día que alguien crease un interruptor. Podía controlarlo, incluso aprovecharse de ello.

–Yo conozco Singapur lo suficiente como para sugerir algunos sitios. Saldremos a dar un paseo por allí cuando volvamos.

–Muy bien.

James tomó su mano para llevarla a la biblioteca. Los empleados se habían retirado a sus habitaciones y Fiona tenía la sensación de que algo importante estaba a punto de ocurrir.

–¿Quieres una copa? –le preguntó él.

–Sí, gracias –Fiona sonrió mientras se sentaba en un sofá de piel.

–El champán es bueno para cualquier ocasión. Vamos a celebrar el nacimiento de nuestra próxima aventura financiera –James sacó una botella de una neverita escondida tras un panel en la pared.

–¿No te parece un poco prematuro? –Fiona cruzó sus bien torneadas piernas, haciendo que sintiera una punzada de deseo.

–No, no lo creo. La parte más importante de un negocio es tener la idea. Una vez que la tienes, todo es muy sencillo.

–¿Entonces solo necesito añadir agua y fertilizante? –bromeó Fiona, tomando la copa que le ofrecía.

–Exactamente –cuando se sentó a su lado, se le puso la piel de gallina. Aquella mujer era diferente, pensó. Fiona no coqueteaba como otras chicas. Era seria, reflexiva, divertida. Y guapísima.

Ella inclinó la cabeza para tomar un sorbo de champán y James se vio envuelto por una oleada de deseo cuando puso los rosados labios sobre el borde de la copa. Desearía tener esos labios apretados contra los suyos otra vez…

Había querido besarla durante todo el día y había tenido que hacer un esfuerzo sobrehumano para no hacerlo. No quería asustarla porque podría ser la mujer que buscaba.

¿Podría ser? ¿Podría estar a punto de casarse? No le parecía posible. Se había dicho a sí mismo durante tanto tiempo que eso no iba a ocurrir…

Sin embargo, desde que conoció a Fiona parecía ver las cosas de otra manera. Cosas que parecían absurdas, sin sentido, en aquel momento le parecían llenas de posibilidades.

Y debía tener cuidado para no estropearlo todo.

Su pelo era oscuro, brillante y sedoso. Le gustaría pasar los dedos por él, pero se resistió a la tentación y tomó otro sorbo de champán.

—¿Cómo aprendiste a montar?

—Igual que todo el mundo, tomando clases. Ahora mismo estoy un poco oxidada. Hacía dos años que no montaba a caballo.

—Pues has manejado a Taffy como una profesional.

—Taffy es estupenda. Me sentía como una princesa medieval galopando por el remoto paisaje. ¡Estoy deseando volver a hacerlo.

—Yo también.

Un beso, nada más. Tenía que portarse como un caballero porque Fiona era su invitada y, a pesar de la repentina intimidad, acababan de conocerse.

Sin pararse a pensar más, se dejó llevar por el deseo y buscó su boca. Su aroma lo volvía loco y no sabía por qué. Su cuerpo esbelto y atlético le parecía tan sexy que, sin darse cuenta, empezó a acariciarle los muslos.

Ella le devolvía el beso con la misma pasión y sus gemidos de placer al bajarle la cremallera del vestido casi lo hicieron perder la cabeza.

No podía controlarse, y cuando notó las manos de Fiona en el elástico de su pantalón tuvo que hacer un esfuerzo para tomar oxígeno.

Fiona suspiraba en su oído, un sonido suave y aterciopelado que lo embrujaba.

Desnuda en el sofá, salvo por la ropa interior de

color negro, era una tentación irresistible. El deseo brillaba en sus ojos oscuros...

Fiona le desabrochó la camisa para lamerle el torso y James le devolvió el favor quitándole el sujetador y explorando la curva de sus pechos con la lengua.

Su erección se había vuelto dura como una piedra y, mientras lo ayudaba a quitarse el pantalón, James supo cómo iba a terminar aquello.

–Necesitamos un preservativo –logró decir, con voz ronca.

Tenía una caja en su dormitorio, pero en ese momento parecía como si estuviera a kilómetros de distancia.

–No te preocupes, no hay problema –Fiona no vaciló ni un segundo mientras tiraba del calzoncillo para liberarlo, y James se preguntó si iba a perder el conocimiento cuando empezó a pasar la lengua por su miembro.

Su cuerpo era suave y firme a la vez, atrayente y atlético... y estaba deseando enterrarse en ella.

Y lo hizo.

Los suspiros de Fiona mientras entraba en ella estuvieron a punto de hacerle perder la cabeza. Respondió inmediatamente, levantando las caderas para unirse a él con un ritmo que empezó siendo lento para volverse tan frenético como un tango... hasta que cambiaron de posición en un esfuerzo por alargar el intenso placer.

James necesitó de todo su honor, masculinidad y autocontrol para contenerse hasta que Fiona llegó al final. Y luego se dejó ir con una sensación de alivio que no había experimentado nunca. Cayeron los dos al abismo, abrazados, jadeando para encontrar oxígeno.

«Es ella».

Lo sabía como sabía su nombre. No la amaba... tal vez no sabía lo que era el amor, pero sabía que podía pasar el resto de su vida con aquella mujer. Fiona tocaba algo en él, algo que nadie más había tocado.

James rio.

—¿De qué te ríes?

—Yo había pensado no tocarte porque eres mi invitada.

—Pues has fracasado miserablemente.

—Lo sé. Y no me ocurre a menudo. Debo estar perdiendo la cabeza —James le besó la mejilla.

—Y me parece bien —susurró Fiona, deslizando un dedo por su estómago.

«¿Quieres casarte conmigo?».

Sabía que no debía preguntarle en ese momento y, al menos, pudo controlar eso. ¿Pero al día siguiente?

Capítulo Seis

Fiona despertó preguntándose dónde estaba. La luz de la luna entraba a través de una abertura en las cortinas, y los recuerdos de la noche anterior la envolvieron, haciendo que se le acelerase el corazón.

Había dormido con James Drummond.

Una rápida mirada al otro lado de la cama contradijo ese pensamiento. No, no habían dormido juntos. Se habían acostado juntos. Habían mantenido relaciones sexuales en el sofá de la biblioteca. Luego, cada uno se había ido a su habitación.

¿Cómo podía haberlo hecho? Una cosa era besarlo y otra muy diferente quitarle la ropa con manos ansiosas mientras se preguntaba cómo conseguir que le vendiese la empresa de su padre. James no sabía quién era ni que estaba allí para intentar recuperar la empresa…

¿Debería sentirse orgullosa de sí misma por haberlo seducido? No, no era así. Al contrario, se sentía avergonzada. Y lo peor era que le gustaba James. Lo encontraba dulce, afectuoso y apasionado.

Sus propios sentimientos la sorprendían.

Como una cruel broma del destino, sospechaba que James y ella tenían mucho en común, además de compartir una fuerte atracción física. En otras palabras, parecían hechos el uno para el otro.

Una pena que terminase odiándola cuando descubriera que había ido allí con un propósito oculto.

Suspirando, Fiona tomó su móvil para ver qué hora era. Las cuatro y media de la madrugada. Tenía un mensaje y decidió escucharlo para distraerse.

–Fifi, estoy preocupada por ti –oyó la voz de su padre. Fiona sonrió, le gustaba que se preocupase por ella–. No dejes que ese demonio de James Drummond se aproveche de ti. No vas a poder recuperar la empresa, así que deberías volver a casa.

El abrupto final del mensaje hizo que diera un respingo.

¿Quería que volviese a Singapur y lo llamaba «su casa»? Unas semanas antes ni siquiera se le habría ocurrido llamarla por teléfono. ¡Cómo había cambiado su relación! Pronto estaría ayudándolo a levantar de nuevo su negocio y a recuperar su orgullo...

Sería mediodía en Singapur, pensó. ¿Debería llamar para decirle que estaba bien? ¿O se sentiría aún peor al decirle que todo iba bien cuando no dejaba de pensar en lo que había ocurrido unas horas antes?

La idea de estar desvelada otras tres o cuatro horas la angustiaba, de modo que marcó el número de su padre.

–Fifi, tienes que volver a casa –dijo él, de inmediato.

—No te preocupes por mí, lo estoy pasando muy bien en Escocia.

—¡Eso es lo que me preocupa!

Fiona esbozó una sonrisa, aunque la preocupación de su padre estaba fundamentada.

—James no sabe quién soy y, además, volveré a Singapur en unos días. ¿Qué tal si te ayudase a recuperar la empresa?

—Soy demasiado viejo para empezar de nuevo.

—Tonterías. ¡Pero si aún no has cumplido los sesenta! Yo podría ayudarte a empezar de nuevo… sería divertido. Además, ese no era buen sitio para la fabrica. El barrio es demasiado elegante.

—Por eso tenía tanto valor. Pensaba vender la parcela y ganar una fortuna.

«Entonces deberías haber pagado los impuestos». Fiona lo pensó, pero se mordió la lengua. Su padre no había pagado los impuestos y se había agarrado a la empresa cuando ya ni siquiera cubría gastos. Era una de las pocas personas que no habían logrado aprovechar el tirón de Singapur como centro de negocios mundial.

—¿Por qué no pruebas otro tipo de negocio? ¿Qué tal un restaurante?

Su padre había tenido una cadena de ellos o algo así. Al menos, eso le había contado su madre.

—No, gracias. Los clientes me dan dolor de cabeza.

Fiona rio. Su padre no era precisamente un genio en atención al cliente.

—¿Qué tal una empresa de servicios para hoteles?

—Los bolsos y los zapatos me hicieron rico, Fifi. Eso es lo que conozco y lo que me gusta.

A Fiona se le encogió el corazón. Era tan testarudo. Aparentemente, recuperar su empresa era la única manera de hacerlo feliz. Aunque fabricar bolsos pasados de moda no pudiese competir con las exportaciones chinas.

A menos que... tal vez ella podría ayudarlo a renovar la empresa con la tienda de lujo que había inventado mientras charlaba con James. ¿Sería su pequeña mentira la forma de hacer feliz a todo el mundo?

—Lo sé, papá. Y no te preocupes, lograré recuperarla.

—Cualquier padre estaría orgulloso de ti. Vuelve a casa pronto, Fifi —su padre cortó la comunicación con extraña brusquedad, dejándola pensativa.

La situación era muy complicada, y tendría que echar mano de sus dotes de negociadora.

James se sentía extrañamente inquieto mientras subía los escalones de la entrada. La noche anterior, tras su increíble encuentro con Fiona, estaba seguro de lo que hacía, pero empezaba a tener dudas sobre su reacción.

¿Respondería como él esperaba?

Por fin había podido ponerse en contacto con un joyero que podía hacer el anillo de compromiso en un solo día, y había estado conduciendo y hablando por teléfono durante horas.

El anillo estaba en el bolsillo de su chaqueta.

Había entrado en la habitación de Fiona mientras dormía para medir el anillo que había dejado sobre la mesilla, preguntándose cómo iba a explicarle qué hacía allí si se despertaba de repente.

¿Le sorprendería su proposición? Por supuesto, pensó. Y existía la posibilidad de que la rechazase. Pero estaba casi seguro de que no iba a hacerlo.

¿Estaba siendo arrogante? Tal vez. O tal vez era simplemente realista. Al fin y al cabo, la mayoría de los seres humanos eran incapaces de rechazar una fortuna como la suya. Fiona era una mujer práctica y sabía que podría convencerla de que un matrimonio entre los dos sería ventajoso para ella.

Y esperaba hacerlo antes de la importante reunión del martes por la tarde.

El fuego crepitaba en la chimenea del enorme vestíbulo cuando entró. Era raro que estuviera encendida en aquella época del año.

—Buenas tardes, señor Drummond. ¿Quiere darme su abrigo? —Lizzie, el ama de llaves, se acercó con una sonrisa de complicidad—. Me ha dicho que tenía un poco de frío, así que he encendido la chimenea.

James sonrió. Le gustaba que Fiona se sintiera tan cómoda como para pedirle a su ama de llaves que encendiese la chimenea en la casa que, esperaba, algún día sería su hogar. Al menos, durante unos fines de semana al año.

Fiona salió al vestíbulo en ese momento y, cuando sonrió con lo que parecía genuina alegría, James experimentó una extraña sensación en el pecho.

Sin darse cuenta, metió la mano en el bolsillo de la chaqueta, donde llevaba el anillo. Tendría que encontrar el momento adecuado para hacer la proposición, cuando los empleados se hubieran ido a sus habitaciones.

—¿Qué tal lo has pasado hoy?

—Muy bien —respondió ella—. He mirado todas las palmatorias para ver si alguna de ellas era la pieza que falta...

—¿Y has tenido suerte?

—Ninguna. Podríamos tardar mucho tiempo en encontrarla.

—Si existe —dijo James, impaciente.

Fiona estaba guapísima, con su sedoso pelo sujeto en un moño suelto y un jersey blanco sobre vaqueros oscuros. Tenía un aspecto fresco y sexy y él estaba deseando explorar las curvas que había conocido la noche anterior.

Tomaron una copa de champán mientras daban un paseo por el jardín antes de cenar y después, cuando los empleados se retiraron a sus habitaciones, se besaron en un salón lleno de tapices.

James esperaba el momento adecuado para ofrecerle el anillo, pero no lo encontraba. Tenía que ser el momento perfecto, como cuando unas acciones llegaban al precio adecuado para hacer una oferta o el segundo de entrar a matar en una reunión. Y debía esperar pacientemente.

Hicieron el amor en su cama, primero con un ritmo frenético que lo dejó sin aliento. Luego, más despacio, explorándose el uno al otro. Riendo y acariciándose, charlaron sobre cosas en las que James no había pensado en muchos años: su primer beso, su primera gran ambición, cuántos hijos quería tener... tres, respondió.

—¿Por qué tres? –le preguntó Fiona.

—No tengo ni idea, se me acaba de ocurrir. La verdad es que nunca lo había pensado.

Ella vaciló un momento.

—Y, de repente, lo estás pensando.

—Sí –la respuesta quemaba como una promesa.

¿Era el momento de ofrecerle el anillo? No quería romper aquel abrazo perfecto. Los brazos de Fiona eran como las alas de un ángel.

—Pero ahora te toca a ti. ¿Cuándo recibiste tu primer beso?

—Tenía diecisiete años y era la única de mi clase que nunca había besado a un chico. Danny Adams por fin rompió el hechizo en el aparcamiento de una bolera.

—Suena muy romántico.

—Ojalá lo hubiese sido. Su aparato se me enganchó en el pelo cuando intentó besarme la oreja y, a partir de ahí, el desastre.

James soltó una carcajada.

—No te imagino de adolescente.

—Por favor, no lo hagas. Soy mucho más feliz ahora. Y he olvidado mi primera ambición de ser piloto de las fuerzas aéreas.

—¿Cuántos hijos quieres tener? –le preguntó James, con el corazón acelerado porque sabía que estaban hablando de un futuro compartido.

—Pues… tengo dos hermanos menores y admito que a veces he deseado ser hija única, pero creo que tres está bien, es un número redondo. Así podría haber una oveja negra en la familia —bromeó Fiona.

—¿Lo ves? Estamos de acuerdo en muchas cosas.

Los dos se quedaron en silencio entonces; un silencio cargado de sentido, pero aún no era el momento. Iban hacia él, paso a paso, pero mejor ir despacio, con tiento, que apresurarse y llegar a la reunión del martes sin una noticia que dar.

No sabía con total certeza si el cambio en su estado civil serviría para conseguir el acuerdo con Industrias SK que llevaba un año buscando, pero intuía que sí. El presidente del consejo de administración de SK desaprobaba que un hombre de su edad no tuviera una familia y era la cuarta o quinta vez que un posible socio le hacía ese comentario en el último año.

—Tres es un número perfecto… —James le acarició la mejilla.

—Estoy empezando a cansarme y aún no hemos empezado —bromeó Fiona, apoyando la cabeza en su torso.

James no podía creer lo cómodo que se sentía con ella. Hablaba de cosas de las que no había hablado con nadie más y eso reafirmaba su convicción de que Fiona era la mujer ideal para él.

Pero aún tenía que convencerla.

***

Fiona se despertó al día siguiente con un brazo sobre el torso de James. Qué noche. Aquel hombre no dejaba de sorprenderla.

Intentó recordarse a sí misma que era una más en una larga lista de mujeres, pero no resultaba fácil. De hecho, casi diría que le gustaba de verdad.

Después de desayunar galoparon por la finca hasta llegar a la falda de las colinas, cubierta de brezo y lavanda.

–Este paisaje es increíble –comentó–. ¿Cómo es posible que nadie haya querido comprarlo para construir casas o centros comerciales?

James esbozó una sonrisa.

–Está demasiado lejos de todo. Y lo mejor de poseer algo así es que uno puede controlar su futuro –respondió, señalando un monolito de piedra, como un dolmen–. Mira, eso debe tener al menos mil años.

–¿Por qué razón lo construyeron?

–No lo sabemos. Es uno de los muchos misterios del paisaje. La verdad es que me gusta venir aquí y pensar en la gente que ha paseado por estas tierras. Me da otra perspectiva sobre cuál es mi sitio en el universo –James saltó de la silla–. Deja que te ayude.

–¿Vamos a quedarnos aquí? –preguntó ella, mirando alrededor con cierta aprensión. Estaban completamente solos y no había nadie en varios kilómetros.

–¿Por qué no? Vamos a dar un paseo.

James ató las riendas de los dos animales y los dejó pastando.

—¿No se irán?

—No, están bien entrenados.

La miraba con una expresión intensa que Fiona no entendía. ¿Iba a besarla?

—Fiona… —James tragó saliva—. ¿Alguna vez has sabido que lo que ibas a hacer era exactamente lo que debías hacer?

—Pues… sí, supongo que sí —respondió ella, desconcertada.

—Yo me enorgullezco de confiar en mi instinto, que me ha servido bien durante todos estos años. Y el instinto me dice que tú eres… diferente.

Fiona tragó saliva. ¿Se habría dado cuenta de que no estaba allí para ayudarlo a encontrar la base de la copa?

—Lo supe en el momento en que te conocí. Eres inteligente, seria, diriges tu propia vida. Supe inmediatamente que eras alguien con quien podía hablar, que me entenderías.

Ella asintió con la cabeza, sin saber qué decir. Aquella conversación era tan extraña, con James sujetándole la mano en medio de ninguna parte…

Casi empezaba a sospechar que iba a proponerle matrimonio o una locura parecida.

Como si hubiera leído sus pensamientos, James clavó una rodilla en el suelo y buscó algo en el bolsillo de la chaqueta mientras ella lo miraba, boquiabierta, con el corazón a toda velocidad.

—El instinto me dice que tú eres la mujer perfecta para mí. Sé que apenas nos conocemos, pero estoy seguro de que formaríamos una pareja perfecta —James llevó oxígeno a sus pulmones–. Fiona, ¿quieres casarte conmigo?

Era una suerte que estuviera sujetándole la mano, o se habría caído de espaldas. ¿Lo estaba imaginando? ¿Era un sueño?

–Pues… –no sabía qué decir. Ni siquiera era capaz de pensar con claridad–. Yo… –no podía darle una respuesta clara, pero un rechazo daría por terminada su relación, y Fiona no quería eso.

No quería arruinar la oportunidad de hacer feliz a su padre, y tampoco quería despedirse de James todavía. Lo estaban pasando bien… mucho más que eso. Quería estar unos días más galopando por los prados escoceses con él y las noches entre sus brazos.

–Sí –respondió por fin, casi sin pensar, como si alguien hubiera pulsado un botón y decidido su futuro sin consultar con ella.

–¡Fantástico! –exclamó James, con una sonrisa de oreja a oreja.

Luego se incorporó, sacó un anillo del bolsillo de la chaqueta, un fabuloso solitario de diamantes, y se lo puso en el dedo antes de que tuviera tiempo de respirar.

Fiona parpadeó, perpleja. ¿De verdad acababa de aceptar casarse con James Drummond?

Sus labios se encontraron en un apasionado beso que fue un alivio porque de ese modo no tenía que hablar. Pero, envuelta en sus brazos, tuvo unos segundos para pensar.

¿Por qué le había propuesto matrimonio? ¿Por

qué había pensado que ella aceptaría? Su arrogancia era extraordinaria.

Y, sin embargo, había aceptado.

Se apartaron y Fiona se encontró mirando el rostro cincelado y atractivo de un hombre que era descendiente de guerreros escoceses, con más tierras y dinero que algunas naciones pequeñas. Y aquel hombre iba a ser su marido.

–Pareces sorprendida.

–Porque lo estoy –era un alivio admitirlo. No iban a casarse, por supuesto. Entre aquel momento y la imaginaria boda, su relación se rompería y se alejarían el uno del otro. Era una fantasía temporal en la que los dos habían decidido participar, nada más–. Sorprendida en el buen sentido.

–Aunque apenas nos conocemos, no hay razones para retrasar la boda. Eres muy decidida, y eso me gusta. Creo que es el mismo instinto que nos hace tener éxito en los negocios.

–Sí –asintió ella, incapaz de pensar con claridad.

–Nos casaremos enseguida. No somos niños que necesiten un largo compromiso, y probablemente lo tendré todo arreglado para dentro de dos semanas.

A Fiona se le hizo un nudo en la garganta.

–Pero… mis padres –su padre sufriría un infarto si se casaba con James Drummond y su familia se llevaría un disgusto tremendo si se casaba sin avisarlos. Aunque no iba a casarse, qué tontería–. Deberíamos esperar un poco para conocernos mejor, ¿no te parece?

–¿Para qué? Nos llevamos de maravilla –dijo James–. Conozco a una organizadora de bodas que podría organizar un evento fabuloso. Y tu familia estará invitada, por supuesto.

–Pero tengo que comprar un vestido. Y mi madrina… mis damas de honor.

Todo cosas en las que no había pensado nunca. James enarcó una ceja.

–¿De verdad quieres que sea una boda tradicional?

–Por supuesto.

No era fácil hablar con el corazón golpeándole las costillas.

–Bueno, como tú quieras –dijo James, con una sonrisa en los labios.

James Drummond quería casarse con ella. No podía haber ocurrido nada más extraño. ¿Por qué tenía que ser tan guapo, tan inteligente, tan todo? Jamás, ni en un millón de años, hubiera soñado que algo así podría ocurrir. Ella no era una gran belleza ni tenía una conversación fascinante. Aunque era rica, los hombres no se paraban en la calle para mirarla. Y James Drummond debía ser uno de los solteros más cotizados del mundo. No tenía sentido. James debía tener algún motivo oculto. ¿Pero cuál?

Él sonreía, aparentemente feliz. Y si ella no estuviera tan asustada, seguramente también podría sonreír. ¿Se habría enamorado locamente en esos días? No le parecía posible, pero había visto romances repentinos y dramáticos. Supuestamente, el amor verdadero era así.

Pero ella no estaba enamorada. Más bien aterrada, confusa… y sintiendo una pasión inusitada. Aquel hombre era diferente a los demás.

Cabalgaron de vuelta al castillo, y Fiona intentó concentrarse en Taffy y en sentir el viento en la cara para olvidar todo lo demás. Pero mientras atravesaban un rebaño de ovejas se dio cuenta de que no se habían besado después de tan extraña proposición.

Miró a James de soslayo y, al verlo sonreír, se preguntó si de verdad la idea de casarse con ella lo hacía tan feliz. ¿O era aquel un arreglo tan práctico como lo era para ella?

—No creo haber galopado a tal velocidad en mi vida —dijo James, acariciando el cuello de su caballo.

—Porque no has montado con el compañero adecuado —replicó Fiona—. Aunque este paseo ha sido el mejor de mi vida.

—Entonces, tendremos que hacerlo a menudo. Aunque a ratos me ha parecido como si estuviéramos intentando ganarnos el uno al otro.

—Oh, no, si hubiéramos echado una carrera yo te habría ganado —Fiona levantó una ceja.

—Eso parece un reto —dijo James, con los ojos brillantes.

—Definitivamente —asintió ella. Entonces se le ocurrió algo: una carrera. Y, como premio, no la base de una vieja copa sino la empresa de su padre—. De hecho, estoy lanzando el guante.

—¿Quieres que echemos una carrera de verdad?

—¿Qué te parece la idea?

—Muy bien, de acuerdo.

—¿Y qué conseguirá el ganador como premio? —preguntó Fiona, sin mirarlo.

—No será fácil decidirlo ya que sospecho que los dos tenemos todo lo que queremos.

—Yo estoy buscando una propiedad en Singapur y tú tienes muchas. Si gano la carrera, eligiré una. ¿Te parece bien? —le preguntó Fiona, con el corazón encogido. Si decía que no, sería más difícil retomar el tema porque él podría sospechar algo.

—¿Una propiedad en Singapur? —repitió James, con el ceño fruncido—. ¿Y qué conseguiría yo si gano? O debería decir, cuando gane.

¿Qué podía ofrecerle? Fiona estaba segura de que iba a ganar. Seguramente James pesaba el doble que ella y había una razón por la que los jinetes profesionales eran personas muy pequeñas.

—¿Qué tal seis meses de mi tiempo trabajando en un proyecto que tú elijas?

—¿Como asesora?

—Sí.

James pareció pensarlo un momento.

—Supongo que sería conveniente para los dos, ya que para entonces estaríamos casados y viviendo bajo el mismo techo.

Fiona se quedó helada. Pero eso no iba a ocurrir, pensó. James no iba a ganar la carrera. Ganaría ella, recuperaría la empresa de su padre y luego volvería a California, a su vida normal.

—Muy bien. Entonces podré trabajar en tu proyecto veinticuatro horas al día.

Se odiaba a sí misma. Primero, por aceptar casarse con un hombre al que apenas conocía y con el que no tenía la menor intención de casarse. Segundo, por mentir sobre trabajar con él. Intentar ganarse el afecto de su padre estaba siendo mucho más complicado de lo que había imaginado.

Por otro lado, ya no podía echarse atrás.

James le ofreció su mano.

—¿Trato hecho?

Fiona la estrechó. Estaban sellando un pacto y ella siempre cumplía su palabra. Pasara lo que pasara, cumpliría el acuerdo, aunque tuviese que trabajar para un hombre que la odiaba.

Pero haría todo lo posible para que eso no ocurriera.

Capítulo Siete

La cena fue servida con champán.

—Por nuestro futuro —brindó James, levantando su copa.

Fiona sonrió, esperando que la sonrisa pareciese sincera.

—Admito que me preocupa un poco la maldición de los Drummond. Aún no hemos encontrado la base de la copa.

—Casi se me había olvidado.

—Pero esa es la razón por la que me trajiste aquí.

—No, esa no es la única razón.

Fiona frunció el ceño.

—¿Sabías que ibas a pedirme en matrimonio?

—Digamos que tenía algunas ideas en ese sentido —James tomó un sorbo de champán, clavando en ella su mirada.

—Pero si ni siquiera me conocías.

—Siempre me fío de mi instinto.

—Y el instinto te decía cosas buenas de mí.

—Cosas muy buenas —asintió, probando el salmón.

Fiona tragó saliva. Las cebollitas francesas que había en su plato le parecían enormes y las judías verdes se le iban a atragantar, estaba segura. El sentimiento de culpa le estaba matando el apetito.

James no sabía lo equivocado que estaba su instinto en lo que se refería a ella. Aun así, era muy arrogante por su parte planear un compromiso cuando apenas se conocían.

–Creo que la boda debería tener lugar el mes que viene –siguió él–. Y después de la boda iremos de luna de miel. ¿Te apetece algún sitio en especial?

¡Luna de miel! Fiona parpadeó, intentando ordenar sus pensamientos.

–El mes que viene es demasiado pronto. Tardaré algún tiempo en encontrar el vestido.

–Será fácil. Sencillamente, elige al diseñador que más te guste y dile lo que quieres.

–Mi familia necesitará tiempo para acostumbrarse a la idea.

–¿Por qué? No eres precisamente una niña –James frunció el ceño, sorprendido–. ¿Crees que no les gustaré?

Si él supiera…

–Seguro que les gustarás en cuanto te conozcan, pero van a llevarse una sorpresa y…

–Les enviaré mi avión para que vengan la semana que viene. Tu madre puede ayudarte a elegir el vestido y todo lo demás.

Fiona tragó saliva. No sabía cómo reaccionarían su madre y su padrastro, pero a su padre le daría algo.

–¿Cuándo vamos a hacer la carrera?

–¿La carrera?

–La carrera de caballos. El que gane… –Fiona

no terminó la frase. Sabía que había sacado el tema en el momento menos adecuado, pero solo así podía saltar de aquel tren sin frenos.

—Podemos hacerla cuando volvamos de Singapur.

—¿Volvemos a Singapur?

—Sí, deberíamos irnos mañana —James sacó el iPhone del bolsillo—. Voy a mandarle un mensaje a mi piloto.

—Pero… pero…

Fiona no sabía qué decir. Era su casa y si quería marcharse, ella no iba a insistir en que se quedaran. Como su prometida, debería poder decirle que prefería quedarse unos días más en Escocia o que tenía planes propios, pero su relación no era normal. No era una relación entre iguales. Él tenía algo que ella necesitaba y, evidentemente, también James necesitaba casarse con ella por razones que desconocía.

Aunque parecía gustarle de verdad, esa no era razón suficiente. Pero no podía preguntarle por sus motivos porque entonces James le preguntaría por los suyos.

—Nos iremos mañana, a la seis —dijo James, guardando el iPhone en el bolsillo.

—Por suerte, aún no he deshecho la maleta. ¿Vamos a abandonar la búsqueda de la copa?

—Creo que tenemos bastante suerte sin ella.

Fiona tomó un sorbo de champán.

—Sí, supongo que sí.

Durmieron juntos en la habitación de James. Cuando se quitó el anillo de compromiso y lo dejó sobre la mesilla le pareció que se quitaba unos grilletes. Pero cuando estaban desnudos bajo las sábanas, piel con piel, casi podía olvidar las complicaciones de su compromiso y los motivos para aquel absurdo matrimonio.

Le encantaba tocarlo. Su instinto competitivo lo hacía activo en varios deportes y el resultado era un cuerpo impresionante. Y él también parecía disfrutar del suyo. James lamía y besaba su piel lenta y deliberadamente. Acariciaba cada centímetro de su cuerpo, tocándola como si fuera un instrumento y haciéndola vibrar con sensaciones que no había experimentado nunca.

El sutil aroma masculino llenaba sus sentidos mientras disfrutaba de la dura textura de su piel o pasaba la lengua por los firmes contornos de su ancho torso y el oscuro vello de su orgullosa erección.

Estaba punto de explotar de anticipación cuando por fin se colocó sobre él. James dejó escapar un gemido y Fiona disfrutó de su intensa expresión. ¿Por qué tenía que ser tan guapo?

Ella nunca había hecho el amor con un hombre tan atractivo e incluso en aquellas extrañas circunstancias eso era suficiente para hacerla perder la cabeza.

James era un amante paciente y creativo. Encontraba posturas que ella nunca hubiera imaginado y cada vez que creía haber llegado al punto sin retorno la devolvía a la tierra para enloquecerla de nuevo. Era como una montaña rusa con un final previsible y placentero.

Fiona suspiró cuando por fin llegó al ansiado orgasmo, pero le pareció que el suspiro llegaba de muy lejos. James la llevaba a un sitio donde nada importaba salvo aquel momento y la pasión que compartían.

Después, uno en los brazos del otro, se sentía totalmente relajada y en paz. Lo cual no tenía ningún sentido, pero eso tampoco parecía importar nada.

James era tan considerado, tan dulce, brillante, sexy y apuesto. Y quería casarse con ella.

Demasiado extraño. Extraño y maravilloso al mismo tiempo… si no fuera por la complicación familiar que lo había llevado a su lado. Sus planes habían cambiado tanto que era imposible saber dónde iba a terminar aquello. Tal vez en los brazos de James.

En aquel momento, todo parecía posible.

Su madre se había mostrado entusiasmada por la oportunidad de volver a Singapur y no dejaba de hacerle preguntas sobre James. Como su padrastro y ella habían nacido allí, tenían un montón de parientes y amigos a los que visitar.

Fiona le habló de James, pero no le dijo que iba a casarse… porque no iba a casarse.

James pensaba anunciar en el *Straits Times* que James Farquahar Drummond, duodécimo barón de Ballantree, estaba comprometido con la señorita Fiona Lam, pero ella le había pedido que no enviase el anuncio hasta que le diese la noticia a sus padres.

Y, afortunadamente, no sabía que usaba el apellido de su padrastro.

En la mejor suite del hotel Four Seasons, donde se alojaban a insistencia de James, su madre sacaba la ropa de la maleta mientras su padrastro experimentaba con el mando de la televisión.

—De verdad, cariño, podríamos habernos alojado en casa de mi hermana —su madre hizo una mueca—. No sé por qué he traído este vestido, con el calor que hace aquí. Y sigo sin entender por qué hemos tenido que venir con tanta prisa.

—Quería que conocierais a mi... novio.

—¿Tu novio? ¡Entonces es que vais en serio! —exclamó su madre—. Cuánto me alegro por ti, cariño. Nunca has estado demasiado interesada en los chicos.

—No es un chico, mamá, es varios años mayor que yo.

Su madre hizo un gesto con la mano.

—Eso da igual. Un hombre debe ser mayor que su esposa. Y, además, es de Singapur. Qué cosas tiene la vida... yo me mudo al otro lado de mundo y mi hija tiene que volver aquí para encontrar novio.

—En realidad, James es escocés —dijo Fiona—. Hace negocios aquí, pero tiene un castillo en medio de ninguna parte...

—¿Un castillo? —su madre soltó el camisón que tenía en la mano—. ¿Has oído eso, querido? ¡Un castillo!

Fiona asintió con la cabeza, sonriendo. ¿No sería fabuloso que James y ella estuvieran locamente enamorados? Sería como un cuento de hadas.

Pero los cuentos de hadas no se hacían realidad. En su vida, al menos. Se preguntó entonces qué diría su madre si le contase que la relación era falsa. Desde luego, no lo encontraría tan entretenido como su padre, que se había reído y prometido mantener silencio cuando se anunciase el compromiso.

—Bueno, ¿cuándo voy a conocer a James?

—Esta noche, durante la cena —respondió Fiona, con el estómago encogido—. Aunque tal vez deberíamos cancelarla. Imagino que estaréis cansados.

—No, de eso nada. Estoy deseando conocerlo.

Una hora después, Fiona subió al ático de James y su corazón dio un vuelco cuando abrió la puerta. ¿Por qué tenía que ser tan guapo? Estaba tan apuesto con un traje de chaqueta oscuro.

—Te he echado de menos.

—Yo también.

—¿Quieres que vayamos a buscar a tus padres para tomar una copa?

—No… bueno, es que están descansando después del viaje. Será mejor que nos encontremos en el restaurante. Los dos son de Singapur, así que conocen bien la ciudad.

—Perfecto —James sonrió—. ¿No quieres entrar?

Fiona miró el elegante y minimalista interior por encima de su hombro.

—¿Qué tal si vamos a dar un paseo? Me gustaría

tomar un poco el aire, estoy nerviosa por lo de esta noche.

–No estés nerviosa. Me portaré muy bien, ya verás –dijo él, con una sonrisa traviesa–. Y prometo ser encantador.

–Seguro que sí.

James le pasó un brazo por la cintura, haciéndola sentir un escalofrío. Qué extraño que hubieran dormido juntos en Escocia, pero allí estuvieran separados. Era lo mejor, claro, pero no podía dejar de sentirse un poco dolida. Lo cual era absurdo.

–Aún no le he dicho a mis padres que vamos a casarnos.

–¿Por qué no?

–Quiero que antes os conozcáis y saber si les caes bien.

–Me parece justo –asintió James, mientras salían del edificio.

Unos minutos después paseaban por el barrio en el que estaba situada la empresa de su padre. Fiona sabía qué edificio era, pero James no sabía que ella lo supiera. La caja de zapatos tenía un aspecto deprimente, con varios cubos de basura en la puerta… ¿cómo iba a mostrar interés por un sitio así sin despertar sospechas?

–No te lo vas a creer, pero acabo de comprar ese edificio –dijo James.

–¿Ah, sí? Es viejo y está muy descuidado –murmuró ella, sin mirarlo.

–Me interesaba la parcela, no el edificio. El dueño llevaba años perdiendo dinero.

–¿Por qué?

–Como los impuestos dependen de la zona, no ganaba lo suficiente para pagarlos, así que los pagué yo y ahora es mía –dijo James, mirando orgullosamente su adquisición.

–Eso no me parece justo.

–¿Por qué?

–¿Pagaste los impuestos atrasados y te quedaste con la empresa? El gobierno debería rebajar los impuestos a las empresas que sufren pérdidas.

Él la miró, sorprendido.

–Si el muelle estuviera lleno de casetas de pescadores, Singapur no sería el centro de comercio que es hoy.

–¿Pero y el hombre que perdió su empresa?

James se encogió de hombros.

–Así son los negocios. Si quería ganar dinero, podría haber vendido la parcela mucho antes. Yo mantengo los ojos abiertos para encontrar oportunidades como esta, así he comprado muchas parcelas.

–¿Qué piensas construir aquí?

–Aún no lo he decidido. Al principio, pensé en un complejo de oficinas, pero como el barrio se ha llenado de tiendas de lujo, tal vez eso sería lo mejor.

Fiona sintió un escalofrío. Era tan engañoso, frío y despiadado como cualquier otro magnate en Singapur.

Y sería mejor que lo recordarse.

Sabía que debía tener sus razones para tan repentino compromiso y tarde o temprano las descubriría. Y entonces no se sentiría tan culpable. O eso esperaba.

—Tal vez deberíamos irnos ya al restaurante.

James sonreía mientras pedía una carísima botella de vino al sumiller. La madre de Fiona era encantadora y su marido un hombre reservado, pero divertido. Fiona estaba callada, tal vez un poco abrumada por los acontecimientos. ¿Quién no lo estaría?

—¿Entonces os conocisteis hace un par de semanas? —estaba preguntando su madre.

—Así es. Pero hemos hecho muchas cosas en ese tiempo —asintió él, poniendo una mano sobre la de Fiona.

—Literal y figuradamente. Hemos ido a Escocia…

—Fiona me ha dicho que tienes un castillo allí.

—Sí, lo heredé de mi familia —asintió James—. Entonces, ¿son ustedes de Singapur?

—Sí, claro. Pero me fui de aquí cuando cumplí los veintiséis años y conocí a Dan —respondió ella, apretando afectuosamente la mano de su marido—. Su banco lo envió a California y allí nos fuimos.

Fiona temblaba, temiendo que hablase de su primer marido, pero, por suerte, James se levantó en ese momento.

—Perdónenme un momento. Voy a saludar a alguien.

Era Goh Kwon Beng, presidente del consejo de administración de Industrias SK y el hombre que podría ayudarlo a apartar obstáculos de su proyecto más ambicioso.

–Qué sorpresa.

–Hola, Drummond.

James sabía que Beng cenaba allí al menos tres veces por semana con su mujer y sus hijas, de modo que su encuentro no era accidental.

–He venido con los padres de mi prometida.

Beng miró al grupo con el ceño fruncido.

–No sabía que estuvieras prometido.

–El compromiso aún no ha sido anunciado oficialmente, pero haremos una fiesta la semana que viene. Espero que puedas acudir.

Beng estrechó su mano.

–Enhorabuena y bienvenido al mundo de los adultos. Te darás cuenta de que tu vida es más fácil y plena teniendo una familia.

–No ha sido fácil encontrar a la mujer adecuada, pero por fin ha llegado. ¿Quieres conocerla?

–Sí, claro. Encantado.

Mientras iban hacia la mesa, James se dio cuenta de que había anunciado su compromiso cuando los padres de Fiona aún no sabían nada. Tendría que hacer uso de su mano izquierda, pensó.

–Fiona, te presento a Goh Kwon Beng, uno de mis socios. Fiona Lam… –James le presentó a sus padres y, siendo los tres de Singapur, charlaron durante unos segundos sobre los viejos tiempos, antes de que una de las hijas de Beng fuese a buscarlo.

James se dejó caer sobre la silla, aliviado.

–Qué hombre tan agradable –dijo la madre de

Fiona–. La verdad es que me suena su cara… creo que lo he visto antes.

–Es el presidente de varias empresas, uno de los hombres más poderosos de Singapur.

James notó que Fiona lo miraba con el ceño fruncido. ¿Sospecharía algo? Seguramente era lo bastante astuta como para sospechar.

–Tienes amigos muy importantes, ¿no? –preguntó la madre de Fiona.

–Hago lo posible, son muy convenientes.

La cena resultó tan deliciosa como la conversación y, al final, los cuatro estaban riendo.

–Entiendo que Fiona se haya enamorado de ti –dijo su madre–. Y debo decir que tiene muy buen gusto.

–Gracias –murmuró James, un poco azorado.

–El amor aparece de repente, cuando uno menos lo espera. Y tengo la impresión de que pronto estaréis planeando la boda.

James miró a Fiona, pensando que era el momento perfecto para anunciar su compromiso, pero ella miraba a su madre con una sonrisa forzada.

–Puede que tenga razón.

¿Por qué no quería que supieran la noticia? En cualquier caso, se dijo a sí mismo que debía permanecer callado. Todo estaba ocurriendo tan rápidamente que tal vez necesitaba más tiempo para acostumbrarse a la idea.

Después de cenar, Fiona insistió en acompañar a sus padres al hotel y lo único que consiguió fue un «te llamaré luego». Pero una hora después no sabía nada de ella.

A las doce, James empezaba a impacientarse y la llamó al móvil.

—Te echo de menos.

—Yo también —dijo Fiona, aunque no parecía del todo sincera.

—No sé dónde vives y necesito verte —insistió James—. Puedo pedirle a mi chófer que vaya a buscarte.

—No, de verdad. Quiero irme a dormir, estoy agotada.

La punzada de desilusión sorprendió a James. Había pasado varias noches con ella... ¿por qué su ausencia le dolía tanto?

—Podrías dormir entre mis brazos —insistió—. Por favor, Fiona.

—Me encantaría, pero no es buena idea. Además, vamos a comer juntos mañana.

En un sitio público, donde no podría tomarla entre sus brazos y besarla como si el mundo estuviera a punto de acabarse.

—¿Qué tal si comemos en mi casa?

—Pues... muy bien.

Su vacilación le dolió. ¿Por qué andaba detrás de esa mujer como si fuera un cachorrito? Había aceptado casarse con él, se dijo. Tenía que calmarse.

—Mi chófer irá a buscarte a la una. ¿Cuál es tu dirección?

—No sé dónde estaré a esa hora —respondió Fiona—. Yo iré a tu casa.

James cortó la comunicación sintiendo una extraña premonición. Parecía como si Fiona no quisiera decirle dónde vivía…

No llevaba el control de la situación y esa era una sensación muy incómoda.

Pero esa misma noche iba a descubrir dónde vivía.

Capítulo Ocho

Tres días después, Fiona llamaba al timbre del diminuto y cochambroso apartamento de su padre. Ella había sugerido comprar una casa, pero su padre se negaba a aceptar un solo céntimo.

—¿Quién es?

—Soy yo.

Cuando la puerta se abrió, Fiona tuvo que apartar con la mano una nube de humo.

—Tienes que dejar de fumar, papá.

—No me gusta que vengas aquí, este sitio es un horror. No viviría aquí si no fuera por el canalla que me arruinó —parecía más cansado y viejo que la última vez que se vieron. Le gustaría tanto ayudarlo para poder disfrutar juntos de la vida, sin amarguras. Pero su padre era demasiado orgulloso.

—¿Has leído el periódico? —le preguntó. No sabía si había visto el anuncio de su compromiso.

—¿Para qué? Yo ya no leo periódicos.

—¿Puedo pasar?

—El apartamento está hecho un asco, Fifi. Vamos fuera, te invito a comer —su padre sacó un fajo de arrugados billetes de un cajón.

—Tonterías, invito yo. Además, tenemos algo que celebrar.

–¿Ah, sí?

–Bueno, pronto tendremos algo que celebrar –dijo Fiona, tragando saliva–. Creo haber descubierto la manera de recuperar tu empresa.

–Casándote con James Drummond.

De modo que había visto el anuncio.

–No es lo que tú crees, papá. Es parte de mi plan.

–¿Piensas vengarme destrozando tu vida?

–No, lo tengo todo planeado. Voy a recuperar tu empresa ganando una carrera de caballos.

–¿Qué?

–Cuando gane, James tendrá que darme lo que yo quiera y voy a pedirle tu empresa.

Su padre la miró, perplejo.

–¿Una carrera de caballos?

–Soy buena amazona y sé que puedo ganar.

–¿Y Drummond te dará la empresa? ¿Lo has hablado con él?

–No, no lo hemos hablado en detalle. No quiero que sospeche nada.

–Tal vez deberías pedirle esa torre que ha construido cerca del parque. Vale mucho más que mi antigua empresa –su padre rio, aparentemente contento con la idea.

–Eso sería demasiado. Pero, mientras tanto, tengo que seguir con la farsa del compromiso. Anoche salimos a cenar con mi madre y mi padrastro.

–¿Tu madre está aquí?

Como la mayoría de los niños, Fiona había soñado a menudo que sus padres hacían las paces, pero esas fantasías habían terminado tiempo atrás.

–James quería hablarles del compromiso, aunque yo conseguí que no dijese nada. Desgraciadamente, a mi madre le ha caído muy bien.

–Qué canalla. Seguro que se mostró encantador.

–Sí, claro –Fiona querría defender a James diciendo que también era encantador con ella, pero sabía que su padre no lo entendería–. Tengo que ir con él a varias fiestas esta semana, pero luego volveremos a Escocia, ganaré la carrera y recuperaré tu empresa.

–Eres más astuta de lo que yo pensaba –dijo su padre, pasándose una mano por el pelo–. Es una idea loca, pero me gusta.

Y luego la abrazó, dejándola sin aliento. Era la primera vez en su vida adulta que recibía un abrazo de su padre… hasta que se apartó para buscar un cigarrillo.

–Deberías dejar de fumar.

–Lo sé, es el estrés. Cuando recupere mi empresa me tranquilizaré… –de pronto empezó a toser y Fiona tuvo que darle palmaditas en la espalda hasta que recuperó el aliento.

Mientras comían en un lujoso restaurante frente al puerto, su padre le contó historias de familiares a los que ella no conocía. Después de un par de copas de vino pareció transformarse en el hombre seguro de sí mismo que ella siempre había creído que era y se alegraba de ser el motor de ese cambio.

Pero cada vez que pensaba en James se sentía culpable.

¿Le haría daño? Fiona sabía que no estaba enamorado de ella. No fingía estarlo y nunca había dicho que la amase. Además, estaba segura de que su matrimonio no era más que parte de un plan para congraciarse con el magnate local, Beng.

No se engañaba a sí misma pensando que le importaba de verdad. Cuando rompiese con él no se llevaría el disgusto de su vida, solo una pequeña decepción porque no iba a conseguir lo que quería.

En cuanto a ella misma… no sabía qué sentiría cuando todo terminase.

No quería ir al apartamento de James esa noche, aunque en el fondo deseaba estar con él, porque volverían a hacer el amor. Cada vez que James la besaba sus emociones se complicaban un poco más…

Ella creía ser fuerte, pero empezaba a inquietarle la idea. Tenía que mantener sus emociones bajo control y permanecer tan lejos de James como fuera posible hasta que la farsa terminase.

Por suerte, alejarse de James no estaba siendo demasiado difícil, ya que él estaba muy ocupado. Pero en lugar de alegrarse, Fiona se preguntaba por qué no la llamaba.

Aparentemente, pensaba que tenía cerrada la negociación y había perdido interés. Solo sabía que se acordaba de ella porque le enviaba un ramo de flores todas las mañanas.

Y eso era alarmante, ya que ella no le había dado su dirección. Debía haberla localizado… y eso significaba que también habría investigado su pasado. Sus correos eran encantadores, pero no parecían del todo auténticos. Tal vez los escribía su secretaria. O tal vez solo intentaba sentirse menos culpable por su papel en aquella farsa.

Fiona sacó un sobre con un montón de invitaciones para la fiesta de compromiso, que tendría lugar cinco días más tarde en el hotel más lujoso de Singapur.

—Estamos comprometidos, pero aún falta mucho para la boda, mamá —Fiona y su madre estaban mirando vestidos de novia en una de las mejores tiendas de la ciudad.

—Me parece bien. Es importante conocer antes a la otra persona. Yo no me habría casado con tu padre si alguien me hubiera aconsejado que lo conociese un poco mejor antes de comprometerme.

Herida, Fiona levantó la barbilla.

—Entonces, yo no estaría aquí.

—Lo sé, cariño. De modo que, al final, todo ha sido para bien, pero yo quiero que el tuyo sea un matrimonio feliz.

—¿No te ha gustado James?

—Me parece una persona maravillosa —respondió su madre, pero Fiona notó algo raro.

—¿Y bien?

—No sé, hija. Me parece demasiado maravilloso. Tan alto, tan guapo, tan rico, tan aristócrata… —su madre sonrió—. Es demasiado bueno para ser verdad.

—¿No crees que yo sea suficiente para un hombre como él?

–Por favor, claro que sí. Pero te imaginaba con un hombre más… normal.

«Yo también», pensó Fiona. Aquella locura tendría que terminar tarde o temprano.

–Bueno, en fin, tengo que encontrar algo para la fiesta. ¿Puedo ir de negro a mi fiesta de compromiso?

James fue a buscarla para ir a la fiesta. No lo había visto en cinco días.

Aquella noche conducía él, de modo que estaban solos en el coche… James estaba guapísimo, con un traje de chaqueta azul oscuro, y Fiona no había olvidado lo atractiva que era su sonrisa.

–Te he echado de menos –le dijo. Y era verdad. El sentimiento de culpa no evitaba que deseara estar con él.

–Yo también –murmuró James– pero he estado muy ocupado. Los planes para la boda van estupendamente. Tenemos un mes para prepararlo todo.

Fiona intentó calmarse. Un mes era mucho tiempo. Además, después de la carrera ella reclamaría su premio y volvería a California. Pero qué retorcido estar pensando en cancelar la boda cuando iba a su fiesta de compromiso…

En la puerta del hotel, varios invitados saludaron a James y los felicitaron a los dos por la feliz noticia.

En el salón de baile, los doscientos invitados aplaudieron al verlos entrar y Fiona intentó sonreír mientras saludaba a unos y a otros, la mayoría personas a las que no había visto en su vida, pero la sonrisa era un poco forzada.

Una rubia alta resultó ser la madre de James… casi había olvidado que tenía una madre. Su nombre era Inez y hablaba con acento centroeuropeo.

La mujer la saludó con un beso en la mejilla, diciendo que esperaba que fuesen muy felices. Fiona no sabía qué decir, de modo que empezó a contarle cuánto le gustaba la finca, pero cuando la madre de James puso cara de «toda para ti» tuvo la impresión de que no iban a verse a menudo…

Su propia madre se deshacía en sonrisas y su padre, afortunadamente, no acudió a la fiesta. James seguía pensando que Dan era su padre y, por suerte, su madre no había comentado que hubiera estado casada con anterioridad.

Después de la fiesta, Fiona se ofreció a acompañar a sus padres al hotel, pero James intervino de inmediato:

—Me temo que eso no será posible –dijo, tomando a Fiona por la cintura–. Tenemos otros planes.

Su madre esbozó una sonrisa de complicidad.

—Y yo no voy a discutir con tu futuro marido.

—¿Qué tienes en mente? –le preguntó Fiona cuando subieron al coche–. No me gustan demasiado las sorpresas.

—Sé que eso no es verdad, te encantan las sorpresas.

—¿Te parece bien que me vean entrando en tu casa antes de la boda?

–No, por eso subiremos en el ascensor privado –respondió él, con una sonrisa seductora.

–Eres una mala influencia.

–Lo siento –se disculpó James. Aunque no parecía en absoluto compungido.

Fiona no pudo disimular que deseaba estar a solas con él. Además, quería conocer su ático, que no había visto todavía.

Desde el salón, con ventanales del suelo al techo, se veía el puerto de Singapur. El suelo era de madera oscura y los muebles muy elegantes, con un piano de cola frente a una de las ventanas.

–¿Tocas el piano?

–Un poco –respondió él, pasando los dedos por las teclas.

–¿Quieres tocar algo para mí?

–Muy bien –James se quitó la chaqueta antes de sentarse en el taburete y empezó a tocar una pieza que Fiona no reconoció–. ¿Quieres tocar conmigo?

–Sí, claro –Fiona se sentó a su lado y empezó a tocar las primeras notas de su sonata favorita. Cuando miró a James, estaba sonriendo–. Venga, eres demasiado competitivo como para no intentar ganarme.

La pieza, a dos manos, parecía tocarse sola, las notas llenaban la habitación. Cuando abrió los ojos, le pareció como si despertase de un sueño.

–No ha estado mal –dijo James, con los ojos brillantes–. Como sospechaba, podrías haber sido concertista de piano. Y ahora, olvidemos los preliminares y vamos al dormitorio.

Fiona rio.

—Es difícil discutir contigo, James Drummond.

Su dormitorio era grande, sin apenas muebles, solo una cama cubierta por un edredón de seda blanca.

Se desvistieron el uno al otro despacio, saboreando el momento.

—Me parece como si hubiera pasado un año desde la última vez que estuvimos juntos —dijo él, con voz ronca.

—Al menos un año —asintió Fiona.

¿Cuántos encuentros más antes de que James supiera la verdad? Le dolía el corazón al pensarlo, pero eso no disminuía su deseo por él. Cuando la envolvía entre sus brazos se sentía extrañamente protegida...

Lo cual era ridículo. Un instinto primitivo se apoderaba de ella cada vez que veía a James, haciendo que olvidase el sentido común. Le encantaba lo alto que era, lo ancho de su torso, su fuerte mandíbula. Había algo noble en él, algo que no tenía que ver con su herencia aristocrática, que la hacía sentir muy femenina.

¿Cómo iba a vivir cuando todo aquello terminase? ¿Alguien volvería a besarla así algún día?

—Te deseo —murmuró. Pero tras esas palabras había un anhelo mucho más profundo. Quería estar con James, hablar con él, tocarlo, hacer el amor con él. Si las cosas fueran diferentes, tal vez podría haber un futuro para los dos.

Pero al menos tenían ese momento.

Fiona le desabrochó la camisa y le lamió los contornos del torso mientras él le desabrochaba el vestido para tocar sus pechos con la lengua.

Se sentía tan viva estando con él. James era un amante creativo, seguramente tanto como en los negocios. Buscaba sus zonas erógenas con determinación, haciéndola gritar de placer.

Le encantaba el sabor salado de su piel, el roce de su mandíbula, los masculinos músculos. Su instinto competitivo la empujaba a hacerlo perder la cabeza y el resultado era impresionante y adictivo. Los dos estaban a punto de explotar cuando entró en ella, pero consiguieron prolongar la deliciosa agonía hasta que por fin se dejaron ir.

Nunca había disfrutado de ese modo.

La meticulosa naturaleza de James armonizaba con la suya… tal vez estaban hechos el uno para el otro y todo lo demás, la empresa de su padre, la base de la copa, eran meras distracciones. Cuando estaban uno en brazos del otro, parecía imposible que algo tan trivial como un negocio pudiera separarlos.

Tal vez necesitaban encontrar la maldita base de la copa para romper el maleficio de los Drummond y hacer que el futuro de James se uniese al suyo. Tal vez debería contarle la verdad y llegar a un acuerdo para comprar la empresa de su padre…

Pero entonces él sabría que había ido a Escocia con un motivo oculto y lo perdería todo. Al menos, si persistía en su plan original terminaría acercándose a su padre, que era su primer objetivo.

—Oh, James… —era tan extraño apoyarse sobre su torso cuando esos traicioneros pensamientos daban vueltas en su cabeza.

Sabía que no quería casarse con ella por amor, sino por alguna razón que desconocía. No había nada normal en su relación y, sin embargo, era más feliz que nunca en toda su vida.

James le acarició el pelo y Fiona dejó de pensar. Si pudiera hacer que aquel momento durase semanas, meses, años. Solo quería quedarse allí, respirando el aroma de su piel.

Pero ella no estaba hecha para descansar.

—Esa vieja fábrica de accesorios… —las palabras salieron de su boca casi sin que se diera cuenta— ¿Por cuánto la venderías?

James rio, sorprendido.

—No tengo intención de venderla.

—¿Y si te ofrecieran mucho dinero?

—Mi equipo le echó el ojo a esa parcela hace dos años y llevo todo ese tiempo planeando adquirirla. Hay mucho tiempo y esfuerzo invertido en ella.

Era lo que había sospechado.

—¿Y si la quisiera como premio por ganar la carrera?

Fiona contuvo el aliento. No podía ver su cara, pero lo imaginaba con el ceño fruncido.

—En ese caso, no podría negarme —respondió James por fin.

Tal vez podría ganar la carrera, devolver la empresa a su padre, casarse con James y ser feliz para siempre. Con un poco de suerte, podría hacerlo.

Capítulo Nueve

Una llovizna matinal había dejado el paisaje escocés fragante y verde, pero acababa de salir el sol y se empezaba a secar el musgo en los muros del castillo.

–Los caballos han tenido tiempo de digerir el desayuno –dijo James–. ¿Estás segura de que quieres hacerlo?

La carrera que habían planeado sería larga, dura y peligrosa. Si quería echarse atrás, aquel era el momento.

James no podía creer que le hubiera prometido una parcela en uno de los mejores barrios de Singapur, pero estaba seguro de que Fiona no iba a ganar. Aunque, en cierto modo, quería que ganase para saber por qué estaba tan interesada.

–No, de eso nada –respondió Fiona–. Prepárate, yo estoy lista.

–¿Seguro que quieres montar a Taffy? Solomon es más rápido. Se le ha entrenado para carreras mientras que Taffy está entrenada para la caza.

–Por eso está mejor preparada para correr por el campo –respondió ella.

–¿Llevas el móvil?

–En el bolsillo –Fiona tocó el bolsillo del chaleco–. Al lado de la pata de conejo que va a darme suerte.

James soltó una carcajada.

–No sabía que fueras supersticiosa.

–No me conoces bien. Soy lo bastante supersticiosa como para saber que no puedes ganarme con la maldición de tus antepasados colgando sobre tu cabeza. Tal vez sea parte de mi estrategia hacer que no encuentres la base de la copa.

–Tú sabes que yo no creo en esas cosas. Mi vida ha ido perfectamente sin acordarme de esa copa. Además, mis primos han encontrado la felicidad sin su ayuda.

–¿Esos son los primos que encontraron las otras dos piezas?

–Sí, pero supuestamente la maldición no desaparecerá hasta que encontremos la tercera.

–Ya veo –dijo Fiona–. Entonces, imagino que están condenados a la infelicidad… a menos que encontremos la base.

James frunció el ceño, experimentando una extraña premonición. Tal vez era aprensión por la carrera, se dijo.

Solomon empezó a moverse, inquieto. Sus primos, los dos de su edad, se habían casado por amor, pero él había elegido a su futura esposa con la cabeza, no con el corazón.

Aunque su corazón latía con mas fuerza cada vez que miraba a Fiona.

–¿Recuerdas la ruta que hemos trazado?

–Toda la finca, siguiendo las agujas del reloj.

–Tardaremos alrededor de cinco horas.

–Lo sé –Fiona sujetó las riendas de Taffy.

–¿Llevas un impermeable?

–Claro que sí. Y voy a ganar, te lo aseguro.

–De eso nada.

–Ya lo veremos.

–Giles dará la salida.

Giles, el mozo de cuadras, estaba a unos metros de ellos.

–¿Vas a dejarme ganar?

–Nunca –respondió James–. El honor de los Drummond depende de mi victoria –añadió, tocándose el pecho.

Justo en ese momento estaba pensando que tal vez debería quedarse un poco atrás, para asegurarse de que no le pasaba nada. ¿Por qué? ¿Quería regalarle esa parcela tan preciada? Debía estar volviéndose blando. O eso o estaba enamorándose de Fiona.

–Prometo no hacerlo.

–Pienso ganar y no quiero que te digas a ti mismo que me has dejado hacerlo.

Se colocaron frente a un muro de piedra, los dos caballos claramente excitados. Sin duda, se les había contagiado la emoción de sus jinetes.

–¿Están listos? –preguntó Giles. Los dos respondieron afirmativamente–. Preparados, listos… ¡ya!

Los caballos se lanzaron al galope por el prado.

Fiona se había levantado ligeramente de la silla y parecía flotar sobre Taffy mientras sus casi noventa kilos de sólido músculo retrasaban a Solomon. Pero se cansaría de montar así… o tal vez no. Por primera vez, James se preguntó si había alguna posibilidad de que ganase la carrera. Y, al pensar eso, espoleó a Solomon.

La emoción de la carrera hacía que Fiona temblase sobre la silla. Pasar a James la había estimulado y casi podía imaginarse como la ganadora del Grand National, dirigiéndose a la línea de meta con miles de fans aplaudiendo.

Pero allí no había espectadores, aparte de algún águila y algún conejo.

–¡No subas la colina demasiado rápido! –gritó James.

Fiona tiró un poco de las riendas de Taffy. La pendiente no era demasiado empinada, pero no quería arriesgarse.

Poco después llegaron al río y James estuvo a punto de adelantarla, pero Fiona espoleó a Taffy y atravesó el torrente de agua sin ningún problema.

Era fácil imaginar a James liderando un batallón, con los pendones al viento. Sus antepasados seguramente lo habrían hecho para conseguir esas tierras o para defenderlas durante siglos.

–¡Vamos, Taffy! –la animó.

Tenía que ganar. Si no ganaba esa carrera su plan, ese plan tan perfecto, se iría al garete.

Poco después, James llegó a su lado.

–Tu caballo parece cansado –se burló Fiona.

–Solomon está más fresco que nunca –dijo él, espoleándolo.

Al ver la cola del caballo negro, Fiona sintió por

un momento que todo aquello se le escapaba de las manos: el castillo, la empresa, su padre, su futuro con James. De modo que clavó los talones en el costado de Taffy hasta que logró adelantar a Solomon.

Era el momento de aprovechar su menor peso y poner distancia entre ellos. Podía ver el castillo a la izquierda y no había manera de perderse desde allí. Si pudiera sacarle un par de cabezas estaría mucho más cerca de la victoria.

Pasó a su lado a toda velocidad, el sonido de los cascos de Solomon perdiéndose en la distancia. Cuando miró por encima de su hombro lo vio a cien metros, luego a ciento cincuenta…

No podía seguir a esa velocidad durante mucho tiempo porque agotaría a Taffy, de modo que levantó los pies de los estribos. Y James debía haber hecho lo mismo porque ya no podía verlo.

Fiona sonrió, admirando el espectacular paisaje y las torres del castillo. Con un poco de determinación, uno podía conseguir lo que quería.

Cuando Fiona desapareció de su vista, James se dio cuenta de algo: quería que ella ganase. Y el deseo de dejar que alguien le ganase la partida era algo a lo que no estaba acostumbrado. Durante años se había concentrado intensamente en sus objetivos, sin pensar nunca en los daños colaterales.

Y, sin embargo, no le importaba que Fiona lo ganase en su propio territorio. Ni tener que regalarle una parcela de gran valor.

Evidentemente, Fiona Lam ejercía un profundo efecto en él.

—Me está volviendo loco —murmuró, sabiendo que nadie podía oírlo.

Llevaban galopando desde mediodía y estaba claro que Fiona quería ganar. Nunca había conocido a una mujer más decidida. Su éxito en los negocios lo intrigaba, pero su belleza y su inteligencia lo habían enganchado. En realidad, resultaba ser aún más interesante de lo que había pensado en un principio.

Gracias a Internet sabía que su infancia en California había estado llena de éxitos académicos y que esos éxitos habían llevado a una espectacular carrera en la universidad en la que terminó primera de su promoción. Luego había abierto su negocio y lo había convertido en una sensación internacional.

Fiona Lam era una mujer asombrosa, desde luego.

Solomon expulsaba una nube de vapor por las fosas nasales, relajándose un poco al pensar en el heno que lo esperaba en el establo, que ya no estaba tan lejos.

—Vamos, chico. ¿Galopamos un poco para demostrar que al menos estamos intentándolo?

Solomon obedeció y, poco después, James vio la grupa de Taffy bajando por el camino que llevaba al castillo.

—¡Voy a ganar! —gritó ella.

Fiona giró la cabeza antes de inclinarse sobre el

125

cuello de Taffy, empujándola a ir más rápido. James río, disfrutando al verla galopar como si le fuese la vida en ello.

Unos segundos después, levantaba los brazos en un gesto de triunfo al llegar a la meta.

Riendo, bajó de un salto para abrazar a Taffy, mientras dos mozos salían para atender a los caballos.

—¡Te dije que iba a ganar! —exclamó, con las mejillas rojas por la emoción de la carrera.

—Y tenías razón, estoy impresionado —asintió James—. Solomon y yo inclinamos la cabeza ante ti.

—Peso menos que tú —le recordó Fiona.

—Eso es cierto.

James quería besarla. ¿Y por qué no iba a hacerlo?

La tomó entre sus brazos y el sabor de su boca le pareció como el champán. Cuando por fin se apartaron, la miró a los ojos.

—Esta carrera significaba mucho para ti, ¿verdad?

—No me gusta perder.

—Has ganado y tienes mi admiración eterna. Y, además, una parcela carísima en la mejor zona de Singapur.

—Estoy emocionada. ¡Bésame otra vez!

La emoción y el esfuerzo de la carrera habían dejado a Fiona tan exhausta que apenas pudo mantener los ojos abiertos durante la cena. Un baño de espuma y dormir entre los brazos de James hubiera sido un final espectacular para aquel día...

Pero tenía una oscura premonición.

James debía volver a Singapur para acudir a una reunión y, aunque le gustaría ir con él, sabía que no era buena idea.

–¿Qué ocurre? –le preguntó él, dándole un masaje en los hombros.

–Nada, es que estoy agotada.

–¿Seguro que quieres quedarte aquí mientras yo voy a Singapur?

–Sí, del todo. Estoy decidida a encontrar la base de la copa, creo que nos dará suerte.

–Cuando te aburras de buscar en viejos arcones puedes reunirte conmigo en Singapur, así podremos repasar juntos los detalles de la boda.

–¿De verdad tienes que irte? Quédate un poco más. Cambia la reunión para la semana que viene –dijo Fiona, asustada de repente, aunque no sabía por qué.

–Ojalá pudiese hacerlo, pero es un contrato en el que llevo años trabajando.

–¿Con qué empresa?

–Con Goh Kwon Beng, el hombre al que te presenté el otro día.

–Ah, ya.

Cuando conoció a ese hombre, Fiona había estado segura de que tenía algo que ver con su matrimonio, aunque no podía imaginar por qué. Pero que James lo mencionase era un recordatorio de que iba a casarse con ella a toda prisa por razones que Fiona desconocía. No estaba enamorado ni le había hecho promesas de amor eterno. En realidad, solo estaban empezando a conocerse.

—Te echaré de menos.

Era la verdad.

—Yo también —James la besó de nuevo.

Tal vez después de recuperar la empresa de su padre aquella relación podría volverse auténtica.

—¿Me enviarás la escritura de la empresa?

—La tengo aquí, en el maletín. No puedo creer que se me haya olvidado —James saltó de la cama, desnudo, para abrir un viejo maletín de cuero del que sacó un sobre—. Toma, es tuya.

—No puedo creer que la tuvieras aquí.

—Yo soy un hombre muy serio.

—Y eso me gusta mucho —dijo Fiona.

Era un hombre de palabra, alguien en quien se podía confiar, incluso en aquellas circunstancias tan extrañas. ¿Cómo reaccionaría si supiera que incluso su primer encuentro había sido orquestado para conseguir ese documento?

No lo sabía y, por el momento, seguiría siendo un secreto.

—Cuento con que encuentres la base de la copa para que podamos disfrutar de un maravilloso futuro.

Fiona se mordió los labios.

—¿Qué ocurre?

—¿Y si no la encontrase?

—Esa no es la Fiona que yo conozco y a la que… —James no terminó la frase. Iba a decir «a la que quiero», pero no se atrevió.

Amor. ¿Crecería entre ellos de forma natural con el paso del tiempo o estaban condenados a sufrir el destino de los Drummond?

–La encontrarás, tengo confianza en ti –James volvió a la cama y la envolvió en sus brazos.

–Haré lo que pueda.

Tal vez la copa era la clave para encontrar la felicidad.

–Cuento contigo.

–Papá, recuerda que no debes contárselo a nadie –dijo Fiona, apretando el móvil contra su oído mientras paseaba alrededor del castillo.

–¿Por qué no? Es una historia muy divertida. Además, ya has terminado con ese canalla y ahora puedes mandarlo al infierno.

Fiona vaciló. ¿Cómo podía explicarle a su padre lo que sentía por James?

¿Cómo podía decirle que lo amaba?

Tal vez no se podía amar a alguien en tan poco tiempo, pero le gustaba más de lo que le había gustado ningún hombre y, si había de juzgar por la pasión que había entre ellos…

–James y yo… no quiero que sepa toda la historia, papá. Los impuestos están pagados hasta finales de año, por cierto.

–Pero necesito reabrir la fábrica –insistió su padre, con tono petulante.

–No daba beneficios –le recordó Fiona–. Espera un poco y encontraremos un nuevo proyecto juntos. Me gustaría abrir una tienda en Singapur y sé que tú puedes ayudarme. Es un sitio ideal, tan cerca de Orchard Road…

–Tenía pedidos esperando –la interrumpió él–. Puedo reabrir el negocio a finales de mes, la maquinaria sigue allí.

A Fiona se le encogió el corazón. Su padre era tan testarudo.

–James confía en mí y necesito un par de semanas para explicarle todo esto.

En ese tiempo encontraría la manera de parecer menos mercenaria. O, al menos, para entonces el compromiso habría ido tan lejos que sería menos probable que descarrilase.

–Prométeme que no se lo dirás a nadie.

–Fifi, eres como tu madre, siempre preocupándote demasiado por todo.

James no podía dejar de pensar en Fiona. Se encontraba soñando con su futuro y haciendo planes que no había discutido con ella… los nombres de sus hijos, incluso los colegios a los que esos hijos imaginarios acudirían.

Estaba deseando tenerla entre sus brazos otra vez y, por eso, la noticia que apareció en el periódico del miércoles fue una sorpresa brutal.

El compromiso de James Drummond era una patraña.

El titular parecía reírse de él y el artículo lo dejó desolado.

Fiona le había entregado la escritura de la parcela a su padre… no, se la había devuelto a su padre. Un padre del que él no sabía nada. Un padre que había contado a todo el mundo que el romance con su hija era una estratagema para recuperar su «propiedad robada».

James estuvo a punto de llamar al periódico para pedir explicaciones, para decirles que nada de eso era verdad, pero no podía hacerlo.

Fiona nunca había tenido intención de casarse con él. Eso explicaba que pusiera tantas pegas para comprar el vestido de novia o que hubiese querido esperar para fijar la fecha de la boda.

Porque no habría boda.

La había elegido como esposa y la había pedido en matrimonio para asegurar un contrato con Goh Kwon Beng, pero no se le había ocurrido pensar que Fiona tenía sus propias razones para aceptar tan precipitado compromiso.

Había buscado cosas buenas en ella y las había encontrado. Convencido de lograr sus objetivos, había caído en una trampa.

La determinación de Fiona lo había intrigado y atraído, de modo que no debería sorprenderlo que lo hubiera usado contra él. Al fin y al cabo, también ella era una empresaria implacable.

Debería maldecirse a sí mismo por ser tan tonto.

Fiona no respondía a sus llamadas y no le sorprendía. Alguien debía haberla llamado para hablarle del artículo del periódico… o tal vez ella misma había dado la noticia.

De modo que James se vio obligado a llamar a sus empleados para averiguar si seguía en el castillo.

No podía creer que hubiera dejado a una extraña en la casa de sus antepasados... claro que esa extraña era su prometida, una mujer en la que tenía total confianza.

—Angus... ¿sabes dónde está Fiona?

—La he llevado al aeropuerto esta mañana, señor Drummond. Imagino que pronto se reunirá con usted.

—Muy bien —dijo James.

¿Adónde iría? No creía que volviera a Singapur, a menos que quisiera celebrar su victoria públicamente.

Lo había pasado muy bien con ella y la intimidad había sido sencillamente maravillosa.

Aunque estaba claro que Fiona lo había engañado, le gustaría hablar con ella y escuchar su versión de la historia. Pero incluso en aquel mundo de alta tecnología, no había manera de obligar a un ciudadano libre a responder al teléfono cuando no deseaba hablar contigo.

Capítulo Diez

James había dejado varios mensajes, pero Fiona no era capaz de seguir escuchando, de modo que tiró el móvil en una papelera del aeropuerto.

Si tuviera algo de decencia lo llamaría para explicarle lo que había pasado. Le diría lo que sentía por él, suplicaría que la perdonase y vivirían felices para siempre.

Pero había hecho quedar en ridículo a James Drummond delante de toda la comunidad financiera de Singapur, y ese era un pecado imperdonable.

El tono de sus primeros mensajes era de desconcierto, después parecía furioso y más tarde mostraba una frialdad que casi la asustó. Sabía que era un poderoso adversario, por eso había planeado desaparecer en California cuando hubiese recuperado la empresa de su padre.

Pero se había atrevido a soñar que podía haber un futuro para ellos, sin contar con la inesperada indiscreción de su padre, de la que había sido informada por un sagaz reportero de Singapur, que había localizado el número de su móvil.

El viaje de vuelta a California fue espantoso. No podía pensar en nada más y no sabía qué hacer.

Su amiga Crystal le había ofrecido su casa el

133

tiempo que quisiera, de modo que tenía un sitio en el que esconderse, pero ni siquiera estar con su mejor amiga podía hacerla olvidar que había perdido a James... y el daño que le había hecho.

El día que llegó a San Diego, Crystal intentó consolarla:

—Dijiste desde el principio que era un asunto de negocios y has conseguido tu objetivo. Deberías estar celebrándolo, no poniendo esa cara de pena.

—Pero es que James ha resultado ser mucho mejor de lo que yo esperaba. Nunca voy a conocer a otro hombre como él. Había una conexión entre nosotros... era algo especial.

—Tal vez siga habiéndola —dijo su amiga—. Podrías llamarlo por teléfono.

—No, no.

—¿Por qué no?

—Tú no has oído los mensajes que ha dejado en mi móvil. Estaba furioso y es comprensible. He leído algunos artículos en Internet... mi padre ha conseguido dejarlo en ridículo. Es una humillación terrible para él.

—Tú no has hecho eso, ha sido tu padre —le recordó Crystal.

—Es lo mismo. James no sabe que yo no he tenido nada que ver.

—Espero que tu padre esté agradecido por lo que has hecho.

Fiona tragó saliva.

—He intentado hablar con él, pero no me devuelve las llamadas.

Tal vez no quería hablar con ella después de haber hecho lo que le había pedido que no hiciera.

—¿Ni siquiera te ha llamado para darte las gracias? —exclamó Crystal.

—Estoy segura de que me lo agradece, pero...

De nuevo, su padre estaba inmerso en su propio universo y no tenía tiempo para ella, como su madre y Crystal le habían advertido que ocurriría.

—Te ha utilizado.

—Tonterías, todo fue idea mía —replicó Fiona—. Él no me pidió que lo hiciera. Y jamás pensé en los sentimientos de James.

—Y tampoco podías imaginar que iba a pedirte que te casaras con él. Eso fue culpa suya.

—Lo sé y estoy segura de que me lo pidió por alguna razón. Tenía pendiente un importante contrato con un tipo llamado Beng a quien no le gustan los hombres solteros, por lo visto. Creo que también él estaba utilizándome, pero eso no me hace sentir mejor.

—¿Qué has hecho con el anillo de compromiso? —le preguntó Crystal.

Fiona cerró los ojos.

—El anillo... no le he dicho dónde lo he dejado.

—¿En el castillo?

—En el cajón de la cómoda de mi dormitorio. Sabía que tenía que dejarlo, pero no quería que alguien del servicio lo encontrase, así que tendré que hacérselo saber.

—Escríbele.

—¿Un correo electrónico? —Fiona había bloqueado los de James después de recibir docenas de mensajes pidiéndole que lo llamase.

—No, una carta.

Tal vez sería lo mejor. De ese modo no habría posibilidad de recibir una furiosa respuesta inmediatamente y, además, así podría contarle todo lo que había pasado—. Puede que tengas razón.

Estuvo levantada hasta muy tarde escribiendo y reescribiendo la carta. Sabía que James no iba a perdonarla porque en Singapur seguían riéndose de él y acababa de leer en el periódico que Industrias SK había firmado una alianza con otro empresario. De modo que Beng no había querido saber nada de James…

Aquella carta podría ser su salvación.

Querido James

No voy a pedirte que me perdones. Admito que me da miedo hablar contigo, por eso no he respondido a tus mensajes. Yo no quería que todo acabara así, te lo prometo. Cuando mi padre me contó que había perdido su negocio, descubrí lo que había pasado y quise ayudarlo. No te hablé de él por razones obvias, pero hemos estado separados durante casi toda mi vida y yo quería y sigo queriendo mantener una relación. Por eso decidí recuperar la propiedad.

Mi padre me había advertido de que nunca me la venderías y, a medida que fui conociéndote, descubrí que tenía razón. Todo lo haces con un objetivo y rara vez das marcha atrás. Por eso, cuando me ofreciste la oportunidad de ir a Escocia no podía creer mi buena suerte.

Pero las cosas cambiaron de repente. Cuando me pediste en matrimonio sabía que no podría conseguir mi objetivo a menos que aceptase, por eso dije que sí. Sabía que tú debías tener tus razones para querer casarte con alguien a quien acababas de conocer y sospeché que eran tan mercenarias como las mías, pero sigue habiendo una diferencia: tú planeabas casarte conmigo y yo no. Por lo tanto, tú has sido honesto y yo no lo he sido.

Y me avergüenzo de ello.

Podría decirte que he cambiado de opinión y de verdad quería casarme contigo, pero el hecho es que conseguir la empresa de mi padre seguía siendo mi objetivo principal y estaba dispuesta a arriesgarme para conseguirlo.

Ojalá las cosas fuesen de otra manera. Yo esperaba que mi padre guardase silencio hasta que pudiera explicarte lo que había pasado, hasta que estuviéramos casados y fuéramos felices. Hasta que pudieras entender lo que había hecho, pero, por lo visto, no pudo resistir la tentación de humillar a su enemigo. Sé que has debido pasarlo mal por los titulares y es culpa mía.

No te pido que me perdones, solo quería responder a tus llamadas de la única manera que soy capaz de hacerlo.

Daría cualquier cosa por haber encontrado la base de la copa, porque quiero que tengas un futuro feliz y sé que debo parecerte parte de la maldición de los Drummond. Si hubiese alguna manera de solucionar esto te la ofrecería.

Aunque esa carrera haya llevado a una terrible ruptura entre nosotros, me temo que siempre la recordaré como uno de los momentos más felices de mi vida.

Espero que encuentres a la mujer perfecta con la que

pasar el resto de tu vida. Ve más despacio la próxima vez y conócela un poco mejor antes de pedirle que se case contigo.

Te deseo lo mejor del mundo,

Fiona

P.D.: He dejado el anillo de compromiso en el primer cajón de la cómoda de mi habitación.

Fiona suspiró mientras cerraba el sobre. Su padre la había llamado por fin, anunciando ásperamente que estaba muy ocupado y la llamaría pronto. Era de esperar. La gente solía abandonar al amigo que lo había ayudado en un mal momento porque les recordaba cosas que deseaban olvidar.

Y ella quería olvidar los buenos momentos que había pasado con el hombre al que había traicionado.

James apartó el papel de su cara. ¿Por qué estaba oliendo la carta de Fiona? Habían pasado casi tres semanas desde la última vez que se vieron y era absurdo buscar su aroma en un papel.

Además, sus palabras eran una clara despedida.

Hasta ese momento había tenido la patética esperanza de que hubiera otra versión de la historia, que Fiona no le hubiese tendido una trampa, que sintiera algo por él, que la situación resultara ser diferente a lo que había pensado. Pero sus palabras dejaban claro que había planeado aquello desde el primer día.

¿Cómo podía haber estado tan ciego? De verdad había pensado que Fiona sentía algo por él. Se había transformado estando con ella, buscando afecto e intimidad como no lo había hecho nunca.

Por fin, había encontrado valentía para abrirle su corazón a una mujer después de la tragedia con Catriona y lo había hecho con una que estaba haciendo un papel.

Fiona era una actriz estupenda, desde luego.

Incluso después de leer la carta le costaba trabajo abandonar la esperanza. Y había una frase que se repetía en su cabeza:

Esperaba que mi padre guardase silencio hasta que pudiera explicarte lo que había pasado, hasta que estuviéramos casados y fuéramos felices.

¿De verdad había querido casarse con él? Se alegraba de que no hubiera sido ella quien informó a la prensa y... ¿se habría enfadado tanto si estuvieran casados?

James empezó a pasear por el vestíbulo. Si hubiera estado casado con Fiona no le habría importado en absoluto que se hubieran unido para recuperar la empresa de su padre.

Pensar eso hizo que se detuviera de repente.

Quería a Fiona. Sin ella, sus planes de adquirir parcelas y construir edificios habían dejado de tener importancia. Incluso su largamente cultivada amistad con Beng le parecía poco importante. El romance que había vivido con ella lo había transformado. Una vez que decidió casarse con Fiona, todo lo demás pasó a ocupar un segundo lugar.

Y seguía deseándola.

James masculló una palabrota que pareció hacer eco en los muros del castillo. Afortunadamente, los empleados estaban en sus habitaciones. Él no pensaba ahogar sus penas en whisky para luego subir a un helicóptero y perderse en el mar como había hecho su padre...

No. Él era un hombre sensato y tenía otras maneras de dar rienda suelta a su frustración.

Airado, tomó una bola de cristal de Murano que reposaba sobre una vieja consola y miró la piedra labrada sobre el escudo familiar, encima de la chimenea, donde el lema de los Drummond aconsejaba mantener afilada la espada.

Él la había mantenido afilada durante muchos años y eso no lo había hecho feliz.

Tal vez la maldición era real. Tal vez estaba condenado desde el día que nació a morir solo y amargado.

Idiota. No debería haberse enamorado de Fiona.

Furioso consigo mismo, lanzó la bola de cristal contra el escudo... arrancando la espada. Sin duda, eso debía significar que la maldición de los Drummond se había intensificado y habría calamidades sin fin. Como si no tuviera ya suficiente.

Cuando iba a darse la vuelta rozó con el pie algo en el suelo y se inclinó para recogerlo...

–No puede ser –murmuró, atónito, mirando

una pieza de metal oscurecido por el paso del tiempo.

¿Era la base de la copa? James miró el escudo en la pared. Detrás de la espada había quedado un hueco...

En el metal había una inscripción, pero no podía verla con tan poca luz. Era algo muy antiguo, medieval.

James recordó entonces los urgentes mensajes de Katherine Drummond, de modo que entró en la biblioteca para llamar a su tía.

—Hola, Katherine. Siento mucho haber tardado tanto en llamarte, pero...

—No te preocupes, tu madre me ha contado que estás comprometido y me alegro mucho por ti.

A James se le encogió el corazón. Su madre no debía haberle contado los detalles de su humillación pública o que el compromiso era una mentira.

—En realidad, llamaba para decirte que he encontrado la base de la copa. Estaba enterrada en el escudo familiar y debía llevar siglos allí...

Su tía lanzó un grito de alegría.

—¡Lo sabía! Sabía que lo encontrarías. Por fin, los Drummond podrán ser felices.

Si la copa tuviese el poder de volver atrás en el tiempo...

¿Pero hasta dónde iría? ¿Antes de conocer a Fiona, para no conocer el placer de su compañía?

—En realidad, Fiona y yo no vamos a casarnos.

—¿Qué? Pero tu madre me dijo que ibais a casaros dentro de un mes. ¿Habéis roto el compromiso?

–No exactamente. Es una historia muy larga.

–Vaya, lo siento mucho. Pero en fin… ahora que has encontrado la base de la copa podrás recuperarla y vivir feliz para siempre.

–Si todo fuese tan fácil –murmuró. Pero la oscura pieza de metal no parecía garantizar nada.

–Al menos podemos reunir las piezas y cumplir la promesa que se hicieron nuestros antepasados.

Una reunión familiar era lo ultimo que le apetecía a James en ese momento.

–¿Por qué no hablas con Jack y Sinclair y buscáis una fecha para venir a Escocia? Organizaremos una ceremonia en el castillo para ver si ocurre algo mágico.

Estaba bromeando, por supuesto, y Katherine rio.

–Seguro que habrá truenos y relámpagos. ¿Te parece bien la semana que viene?

–Sí, cuando quieras.

No quería volver a Singapur por razones obvias, de modo que pensaba quedarse en Escocia hasta que la gente se hubiera olvidado del asunto. Afortunadamente, la mayoría de los seres humanos tenían memoria de pez.

–Estoy deseando reunir las piezas.

–Las puertas del castillo Drummond siempre están abiertas para ti.

Había visto a Katherine en varias ocasiones, sobre todo cuando iba con su madre de compras a Nueva York, y siempre le había parecido una persona muy agradable.

–Llama a esa chica e intenta arreglar lo vuestro, James. Así podré conocerla en la reunión.

Él tragó saliva, intentando olvidar el dolor y la humillación.

–No es tan sencillo.

–Nunca lo es, pero ahora que has encontrado la base de la copa no podrás creer las cosas buenas que van a pasarte.

Después de cortar la comunicación en la oscura biblioteca, James tuvo que hacer un esfuerzo para no llamar a Fiona. La había llamado varias veces, pero la última respondió alguien llamado Julio diciendo que se había equivocado de número.

De modo que había cambiado de número para evitar sus llamadas… y todos sus correos eran devueltos, cada uno como una bofetada. Debería odiarla, pero ni siquiera tenía esa satisfacción.

Porque la echaba de menos.

James se fue a la cama sintiéndose tan solo y triste como los fríos muros del castillo.

No podía llamarla, no podía enviarle un correo, de modo que la única solución era ir a buscarla personalmente.

Capítulo Once

La dirección de Fiona estaba escrita en el remite del sobre: «1732 Whitefern Road, San Diego, California». No sabía si era su casa, la de sus padres o si se alojaba con alguna amiga. Daba igual.

Su piloto lo llevó al aeropuerto de San Diego, donde lo esperaba un coche de alquiler. James introdujo la dirección de Fiona en el GPS y se lanzó a las calles de la desconocida ciudad, intentando contener su emoción.

Eran casi las nueve de la noche cuando llegó a la calle Whitefern, rodeada de árboles, y buscó el número de la casa.

No sabía qué iba a decirle, pero no podía dejar que desapareciese de su vida después de lo que había habido entre ellos.

Vio el número 1732 en un buzón, de modo que detuvo el coche frente a la casa y quitó la llave del contacto. Veía una luz en la ventana.

James bajó del coche y se acercó a la puerta.

—¿Quién puede ser a estas horas? —oyó una voz femenina, que no era la de Fiona.

Luego escuchó pasos y contuvo el aliento mientras la puerta se abría. Una mujer alta con una trenza lo miró.

–Estoy buscando a Fiona Lam.

–¿Ah, sí? ¿Y quién es usted?

–James Drummond.

–Lo sabía –la mujer abrió la puerta del todo y le hizo un gesto para que entrase–. ¡Fiona, es para ti!

–Yo no he pedido nada. ¿No íbamos a cenar fuera?

Al escuchar su voz, el pulso de James se aceleró y tuvo que controlar el deseo de ir a buscarla.

–Es una visita –dijo la joven alta, ofreciéndole su mano–. Soy Crystal, una amiga de Fiona.

Ella apareció entonces en el pasillo… y se detuvo de repente al verlo.

–Hola.

Fiona pensó que estaba viendo visiones.

–¿No vas a saludarle? –escuchó la voz de su amiga.

–James… –Fiona, con el corazón acelerado, tuvo que contener el deseo de echarse en sus brazos.

–¿Podemos hablar a solas? –preguntó él, con tono serio.

–¿Y voy a perderme la diversión? –bromeó Crystal–. Muy bien, me esconderé en mi cuarto para que podáis solucionar el asunto.

Fiona quería suplicarle a su amiga que se quedara… ¿pero no era aquello lo que esperaba cuando escribió la dirección en el remite del sobre?

–Lo siento –empezó a decir–. Sé que no debería haber hecho lo que hice. No lo pensé bien y las cosas se me escaparon de las manos…

James dio un paso adelante, silenciándola con

sus labios. El beso era fiero y Fiona se rindió inmediatamente, abrazándolo y besándolo con todas sus fuerzas.

Cuando se apartó, los dos estaban sin aliento.

—No creas que te he perdonado.

Ella tragó saliva.

—Tampoco yo me he perdonado a mí misma, te lo aseguro. Debería haberte contado la verdad sobre mi padre, pero todo fue tan rápido... no encontraba el momento y al final fue demasiado tarde.

—Me has hecho quedar en ridículo delante de todo Singapur. No solo en la prensa sino en todas partes. Incluso en mi casa.

—Todo lo que hubo entre nosotros... nada de eso era fingido.

—¿Cómo puedes decir eso cuando provocaste el encuentro desde el principio?

—Yo quería esa propiedad para hacer feliz a mi padre, pero entonces empecé a conocerte y... me enamoré de ti.

—Pues tienes una extraña manera de demostrarlo.

—No fue justo que me pidieras en matrimonio cuando apenas te conocía.

—Podrías haber dicho que no.

—¿Tú creíste que iba a hacerlo?

—No.

—¿Lo ves? Tú sabías que diría que sí, pero sigo sin saber por qué me pediste que me casara contigo cuando apenas nos conocíamos.

—Admito que mi objetivo era egoísta –dijo James entonces–. Necesitaba una esposa para parecer respetable, pero también eso me salió mal. Beng no quiere saber nada de mí.

—Sí, lo sé. Y tal vez te lo merezcas. Uno no debe casarse para conseguir algo sino por amor.

—Eres muy arrogante…

—Mira quién habla –lo interrumpió Fiona–. Tú estas acostumbrado a decirle a los demás lo que tienen que hacer y no sabes reaccionar cuando alguien tiene otras ideas.

—Normalmente, encuentro la manera de hacer que cambien de opinión.

—Pues lo siento, pero no siempre vas a salirte con la tuya –dijo Fiona, un poco avergonzada por mantener esa conversación estando en pijama.

—Contigo no, desde luego. Y, maldita sea, quiero estar contigo –anunció James entonces.

Luego se inclinó para besarla de nuevo y Fiona enterró los dedos en su pelo, sintiendo la caricia de sus manos en la espalda. Era tan maravilloso abrazarlo de nuevo que se olvidó de todo lo que había pasado.

—Vas a volver conmigo –le dijo James al oído.

—¿Adónde?

—A Escocia.

—Muy bien –respondió ella–. ¿Me da tiempo a hacer la maleta?

—Sí, pero yo te vigilaré. No quiero que vuelvas a escaparte.

—Tengo que cambiarme de ropa.

***

Durante el viaje, esperaba que James le contase sus planes, pero él, ocupado controlando un movimiento en el mercado de Singapur a través de Internet, no le dijo nada.

Era de día cuando aterrizaron en Aberdeen y el chófer de James metió las maletas en el coche.

—Ha sido un viaje muy rápido, señor Drummond.

—Desde luego —asintió él.

El chófer le abrió la puerta y Fiona pisó la gravilla mientras miraba el humo que salía de la chimenea y respiraba el aroma a tierra mojada. Cuánto había echado de menos aquel sitio.

James la tomó del brazo para subir los escalones de la entrada.

—Angus llevará la maleta a tu habitación —fue todo lo que dijo antes de desaparecer.

Sola en su cuarto, Fiona miró en el cajón de la cómoda, donde había dejado el anillo de compromiso. Seguía allí, brillando en el oscuro cajón de madera, y se le encogió el estómago.

¿Era para eso para lo que la había llevado allí, para obligarla a casarse con él?

Aunque ella estaba dispuesta a casarse... incluso aquel mismo día.

Después de darse una ducha, se puso un sencillo vestido negro con botones y, mientras los abrochaba, se preguntó si James los desabrocharía unas ho-

148

ras después. Se le encogió algo al pensarlo, pero intentó controlar su imaginación. No tenía sentido sacar conclusiones precipitadas.

Sabía que la cena se servía a las ocho, de modo que bajó un minuto antes para no estar sola en el enorme comedor, mirando incómoda los cuadros y sonriendo amablemente a los empleados.

Estuvo a punto de saltar de la silla cuando James entró, vestido con un traje de chaqueta oscuro.

–Le he pedido a los empleados que se retiren a sus habitaciones, así que nosotros mismos serviremos la cena.

–Muy bien.

La mesa era tan grande que podrían cenar treinta personas… y el silencio era más atronador con cada segundo que pasaba.

Al fin no pudo soportar el opresivo silencio.

–¿Piensas encerrarme en la mazmorra del castillo?

James la miró un momento antes de soltar una carcajada.

–Aunque suena tentador, no quiero añadir más desgracias a mi vida añadiendo un secuestro. Pero tengo en mente un castigo mejor. Creo que debería obligarte a cumplir la promesa que me hiciste –respondió James.

El corazón de Fiona latía a toda velocidad.

–No sé qué quieres decir.

–Que vas a casarte conmigo, por supuesto.

–¿Por qué quieres casarte con alguien en quien no confías?

–Porque es mejor tener cerca a los enemigos.

–Otros dicen que es mejor mudarse a otro continente y olvidarse de ellos.

–Creo que los Drummond verían eso como una cobardía.

Ella tragó saliva.

–Entonces, ¿estás pidiéndome que me case contigo?

–No, no, eso ya lo hice y no me gusta repetirme. Especialmente, después de los resultados de la última vez.

James Drummond quería casarse con ella, incluso después de lo que había pasado, pero no había ningún afecto en sus palabras, ninguna promesa de amor.

–No me quieres –le dijo. Y no le dolería si no hubiera sido tan tonta como para enamorarse de él.

–¡Maldita sea, Fiona! –exclamó él entonces, golpeando la mesa con la mano–. Te quiero tanto que no puedo respirar. No puedo levantarme por la mañana sin pensar en ti –James se levantó y tiró de ella para apretarla contra su pecho–. Te quiero tanto que no puedo vivir sin ti.

Por primera vez, Fiona pudo ver un brillo de emoción en sus ojos grises y pensó que iba a explotar de alegría.

–James…

–Te quiero tanto que no sé qué haría si no quisieras casarte conmigo.

La única respuesta de Fiona fue un sollozo que escapó de su pecho sin permiso.

–Yo también te quiero –dijo por fin, echándose en sus brazos–. Te he echado tanto de menos. Pensé que no volvería a verte… Nunca he conocido a nadie como tú y no tardé mucho en darme cuenta de que éramos perfectos el uno para el otro. Me dolía tanto haberlo estropeado todo…

Tenía que mirarlo a los ojos para creer que aquello estaba pasando, que no era un sueño.

–Te quiero, James, te quiero muchísimo.

En esta ocasión, el beso fue dulce, tierno. Y una noche de amor confirmó lo que ambos ya sabían: que estaban hechos el uno para el otro.

Epílogo

–No te preocupes, no va a llover –Katherine Drummond sonrió, mirando el cielo por la ventana–. Ahora que hemos encontrado la base del cáliz no lloverá, estoy segura.

Katherine solo llevaba una noche allí, pero se sentía una Drummond más que nunca. El pueblo entero estaba de celebración, los empleados iban de un lado a otro preparando la boda y los invitados habían empezado a llegar desde primera hora de la mañana.

–¿Cuándo vamos a reunir las piezas del cáliz? –preguntó Annie, la mujer de Sinclair.

–Cuando llegue Jack –Katherine miró su reloj. Eran casi las once y media y la boda tendría lugar a las doce–. Espero que llegue a tiempo. Tenemos que reunir las piezas de la copa antes de la ceremonia.

–Tu hijo y yo hemos sobrevivido a varios meses de matrimonio sin reunir las piezas –le recordó Annie.

Katherine se pasó las manos por la falda del vestido.

–Lo sé, pero hemos esperado tanto… pensé que James no se molestaría en buscar la última pieza. De hecho, a nadie parecía importarle demasiado.

—¿Cómo que no? —exclamó Sinclair, su hijo—. Yo encontré una de las piezas.

—Y me daréis las gracias en unas décadas, cuando sigáis felizmente casados. ¿Pero dónde está Jack? ¿Viene desde Florida en uno de sus barcos?

—No te preocupes, tía Katherine —James, alto y guapo, entró en la habitación en ese momento—. Acabo de recibir un mensaje suyo. El destino de los Drummond está en buenas manos.

—¿Dónde está la novia?

—No puedo verla antes de la ceremonia. Ya sabes lo tradicionales que somos en Escocia.

—Y tú sabes que eso me encanta. ¿Por qué no llevas una falda escocesa, James?

—Las faldas escocesas son del siglo XIX. Los Drummond somos más antiguos que eso y preferimos taparnos las rodillas.

—Es comprensible, aunque estoy segura de que tú tienes buenas piernas —bromeó su tía.

Los hombres del clan Drummond siempre habían sido muy atractivos y, una vez reunidas las piezas de la copa, por fin podrían disfrutar del matrimonio feliz con el que ella soñaba cuando se casó con un Drummond casi cuarenta años antes. Ella no había sido capaz de sacarlo a flote, pero no pensaba dejar que la siguiente generación sucumbiese a la maldición familiar.

El ruido de un caro motor hizo que todos se volviesen hacia la ventana, y Katherine sonrió al ver a la siempre elegante Vicky bajar de un deportivo. Una antigua amiga de la familia, Vicky era perfecta para Jack Drummond, descendiente de la rama más aventurera de la familia.

—Gracias por traer a tu marido —Katherine la besó en la mejilla unos minutos después—. Seguro que no ha sido fácil.

Jack tenía un aspecto indómito incluso llevando un elegante traje de chaqueta.

—Creo que quieres convertirnos en personas respetables —bromeó él, abrazándola—. No sé si estoy preparado para eso, pero haré lo que pueda.

—Probablemente no demasiado respetables —dijo Katherine—. Pero al fin podemos reunir las tres piezas de la copa después de trescientos años separadas.

—Y deberíamos hacerlo cuando antes. No quiero que se cancele la boda de repente —Annie parecía preocupada.

—Habrá boda. Las viejas sabemos esas cosas.

—¿Vieja? —Vicky soltó una carcajada—. Pero si pareces más joven que nosotras. Quiero el número de tu cirujano.

—Yo no me he operado de nada ni lo haré nunca. Lo mío es un milagro. Y, hablando de milagros, vamos a reunir las piezas de una vez.

Fiona tenía que disimular su emoción mientras recorría el pasillo de la iglesia del brazo de James después de la sencilla ceremonia que los había convertido en marido y mujer. Los bancos estaban repletos de elegantes y famosos, incluyendo la madre de James, su madre, Dan, sus hermanos... y hasta su padre.

James lo había invitado a cenar en Singapur para conocerlo y habían terminado hablando sobre cómo modernizar su negocio. Y, por supuesto, les había pedido perdón por informar a la prensa sobre la cancelación del compromiso.

Las tres piezas de la copa estaban sobre una tela escocesa, en la mesa del comedor. Los tres hombres de la familia Drummond: James, Jack y Sinclair, a punto de reunirlas como habían querido sus antepasados cuando la copa fue dividida trescientos años antes.

James tomó la base, que había recuperado por accidente del escudo del castillo; Jack el fuste, que había rescatado de un barco hundido frente a las costas de Florida; y Sinclair el cáliz, que había encontrado en un trastero de la mansión de Long Island donde había vivido su antepasado.

Fiona contuvo el aliento mientras los tres unían las piezas para ver si casaban...

–Dios mío –murmuró Katherine, abrumada de emoción–. La copa está completa. ¡Siempre he sabido que la leyenda era cierta! ¿Dónde está el champán?

Las nubes desaparecieron, dejando un cielo completamente azul, y los pájaros cantaban en el jardín mientras los Drummond y sus esposas brindaban por las futuras generaciones. Pero Annie solo probó un poquito porque estaba embarazada de su primer hijo.

–Bueno, ¿quién va a ser el siguiente en crear una nueva generación Drummond? –preguntó Katherine.

–A mí no me mires –Fiona se abrazó a James. Habían decidido abrir un negocio en Singapur y estarían muy ocupados durante al menos un año. Pero tal vez después se asentarían en Escocia.

Jack miró a su mujer y la pálida Vicky se puso colorada hasta la raíz del pelo.

–Aparentemente, el próximo Drummond será un niño y llegará al mundo dentro de seis meses.

Katherine lanzó una exclamación de alegría.

–¡Perfecto! Soy tan feliz que podría ponerme a llorar. De hecho, creo que voy a llorar ahora mismo.

–La verdad es que estamos muy contentos –dijo Vicky.

–Los Drummond nunca podrán ser domados del todo, pero supongo que eso es bueno. Ahora, vamos a bailar –anunció Katherine.

Deseo

Pasión inagotable

CHARLENE SANDS

Sophia Montrose había vuelto al rancho Sunset para reclamar su parte de la herencia. Logan Slade no había olvidado el apasionado beso que se dieron en el instituto, pero no podía sentir por ella más que desprecio y aversión; al fin y al cabo, era una Montrose y no se podía confiar en aquella despampanante belleza.

Sophia tampoco había olvidado aquel beso... aunque se tratara de una cruel apuesta para ponerla en ridículo. Quince años después, se encontraba de nuevo ante los fríos ojos negros de aquel vaquero y estaba decidida a no dejarse intimidar. Pero ¿sería capaz de mantenerse firme cuando volvieran a prender las llamas de una pasión insaciable?

Una peligrosa relación amor-odio

¡YA EN TU PUNTO DE VENTA!

Acepte 2 de nuestras mejores novelas de amor GRATIS

¡Y reciba un regalo sorpresa!

Oferta especial de tiempo limitado

Rellene el cupón y envíelo a

Harlequin Reader Service®
3010 Walden Ave.
P.O. Box 1867
Buffalo, N.Y. 14240-1867

¡Sí! Por favor, envíenme 2 novelas de amor de Harlequin (1 Bianca® y 1 Deseo®) gratis, más el regalo sorpresa. Luego remítanme 4 novelas nuevas todos los meses, las cuales recibiré mucho antes de que aparezcan en librerías, y factúrenme al bajo precio de $3,24 cada una, más $0,25 por envío e impuesto de ventas, si corresponde*. Este es el precio total, y es un ahorro de casi el 20% sobre el precio de portada. ¡Una oferta excelente! Entiendo que el hecho de aceptar estos libros y el regalo no me obliga en forma alguna a la compra de libros adicionales. Y también que puedo devolver cualquier envío y cancelar en cualquier momento. Aún si decido no comprar ningún otro libro de Harlequin, los 2 libros gratis y el regalo sorpresa son míos para siempre.

416 LBN DU7N

Nombre y apellido   (Por favor, letra de molde)

Dirección   Apartamento No.

Ciudad   Estado   Zona postal

Esta oferta se limita a un pedido por hogar y no está disponible para los subscriptores actuales de Deseo® y Bianca®.
*Los términos y precios quedan sujetos a cambios sin aviso previo.
Impuestos de ventas aplican en N.Y.

SPN-03   ©2003 Harlequin Enterprises Limited

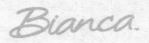

Le ofreció una exclusiva a cambio de unas cuantas noches en su compañía...

La periodista Eleanor Markham sabía que no iba a ser fácil conseguir una entrevista con el multimillonario Alexei Drakos, conocido por su odio a los medios de comunicación. Pero era una reportera ingeniosa y con muchos recursos. Creía que podría llegar a persuadirlo para que hablara con ella si él se encontraba en su propio terreno, la hermosa isla de Kyrkiros.

El primer instinto de Alexei al saber que era periodista había sido echarla de allí. No podía creer que Eleanor hubiera invadido su refugio privado. Pero esa mujer estaba consiguiendo despertar algo en él y hacía demasiado tiempo que no tenía una mujer en su cama.

El enigmático griego

Catherine George

¡YA EN TU PUNTO DE VENTA!

Pasión en Roma

KATE HARDY

Rico Rossi era un rico propietario de una cadena de hoteles. Cuando Ella Chandler, una preciosa turista inglesa, lo confundió con un guía turístico, no pudo resistirse a la tentación de seguir de incógnito y de enseñarle todas las maravillas de Roma.

Ella estaba asombrada con la intensidad del deseo que había surgido entre ellos y, cuando llegó el momento de dejar la Ciudad Eterna, le costó despedirse de su amante italiano. Luego, descubrió que Rico le había mentido... y él tenía que demostrarle que la quería.

¿Sería capaz de recuperarla?

[10]

¡YA EN TU PUNTO DE VENTA!

PROPERTY OF U.P.E.I.

DISCARDED